トライアングルエクスタシー

Kaori Shu
秀香穂里

CHARADE BUNKO

Illustration

兼守美行

CONTENTS

「うわぁ……青い」

目の前に広がる七月の海はどこまでも澄んでいて、まだ早い時間の太陽に照らされてきらきらと柔らかに輝いている。澤野《さわの》一郁《かずふみ》はちいさく微笑《ほほえ》み、ジーンズの裾をまくって綺麗《きれい》な海水に手をくぐらせた。温かくて、気持ちいい。水着だったら泳ぎたいぐらいだ。

浅い場所で、綺麗な色の魚が泳いでいる。それをそっと触るようにして指をちらちら動かし、しばし魚と戯れた。

夏休み前だからか。晴れた沖縄《おきなわ》の海は意外とひとが少なく、このビーチにも一郁ひとりだ。

一郁は、単身で東京《とうきょう》から沖縄本島に遊びに来ていた。日程は三泊四日。このために、セレクトショップのバイトを懸命に頑張った。

一昨日《おとつい》の昼過ぎに着いて、美味《おい》しい食事や美しい風景を楽しみ、とくに行き先も決めずあてどもなくぶらぶらしていた。三泊四日もあれば、本島からさらに離島へと行くこともできたのだが、初めての沖縄ということもあって、ゆっくりいろいろと見て回ろうと思ったのだ。

なにを見ても楽しかったけれど、それを言い合う相手がいない寂しさはほんのりとあった。

この旅行に、大学の友だちは誘わなかった。一郁は都内にある大学、文学部の四年生で、おっとりした穏やかな性格ではあるが、数人の親しい友人がいる。

だが、その友人たちにも打ち明けられない悩みが一郁にはあったのだ。

やさしい性格を裏づけるような面差しが、ゆらゆらと水面に映る。

二重の大きめの目に、小作りな鼻、薄めのくちびるとパーツは整っており、そう悪くないのだが、全体のムードが穏和なせいで、学内でもあまり目立たない。

「彼女がいたら一緒に来てたかな……って、それどころじゃないか」

ぱしゃんと水をはねて立ち上がり、ジーンズのポケットに入れておいたハンカチで手を拭う。

沖縄に泊まるのも今夜が最後だ。なにか、記念になるようなことがしたい。

どうしようか。海の近くにあったカフェでタコライスを食べながらあれこれと思案する。

水族館には行ったし、美味しい沖縄そばは三杯も食べた。ホテルのラウンジに勇気を出して行き、鮮やかな色のカクテルも楽しんだ。

だけど、もうひとつぐらい思い出がほしい。

——たった三日ひとりで過ごしたからって、人恋しくなってるのかな。

夜になってホテルで食事を終え、綺麗なシャツに着替えてからタクシーで国際通りまで出て、少し歩いてみた。

土産《みやげ》物店が多いこのへんは、最終日の明日に来て学友たちになにか買って帰ろうと思っていたのだが、繁華街らしく、夜も結構賑《にぎ》わっている。

どこかで飲んでいこうか。外見は地味めだが、酒はわりといけるくちだ。ビルに入っている華やかなバーにも惹《ひ》かれるけれど、せっかくならちょっとだけ冒険したい。

あたりを見回していると、とある雑居ビルの地下に繋《つな》がる階段に沿って、ちいさな灯《あか》りが点々とついているのが見えた。酒落《しゃれ》たバーか、クラブがあるのだろうか。

東京にいたら絶対に立ち寄らないようなところだけれど、これも旅先の思い出だ。

意を決して、黒い手すりがついている階段を下りていくと、突き当たりに重そうな鉄の扉があった。

どんなたぐいの店なのか、外からでは窺《うかが》い知れない。

――場違いだろうか。一見お断りかもしれない。

一瞬怯《ひる》んだが、もし断られたらどこかよそで飲めばいい。そう思い直し、ギッと扉を軋《きし》ませながら押し開けた。

「いらっしゃいませ」

扉のすぐ横に、黒いスーツを着た男が立っており、深く頭を下げていた。店内は薄暗く、男の人相は判断できないが、落ち着いた声音で、初めて店を訪れた一郁を敬遠している様子はない。

学生が入るには少々敷居の高い、高級クラブのようだ。

「おひとりですか」

「あ、……はい。初めて……なんですが」

「歓迎いたします。では、こちらを」

男が黒い布のようなものを渡してくる。

「マスク？」

すべすべした布はシルクかもしれない。額から鼻までを覆い隠す形のマスクは漆黒の布で作られており、飾りはついていない。シンプルな作りなだけに、なぜだか淫靡《いんび》だ。

テレビや芝居でしか見たことがないような代物をひっくり返していると、男は薄く笑う。

「店ではそれをつけるのがルールです。それ以外は、なにをなさっても構いません」

「なにを、しても……？」

どういう意味にでも取れる言葉に困惑したが、とりあえず男にうながされるままマスクをつけた。視界の隅がマスクで遮られるけれど、不快というほどではない。

近くを通りかかったウエイターからカクテルの入ったグラスを受け取り、とにかくフロアに入ってみることにした。

――もしかしたら、いい出会いがあるかもしれないし。

旅先でのアバンチュールに、胸がときめく。今夜が沖縄最後の夜なのだから、少しぐらい羽目を外したってばちはあたらないだろう。気の合う相手を見つけられたら、酒を酌み交わすのもいい。来年には社会人になるのだし。

広いフロアには大音量で音楽がかかっており、結構な人数の客が訪れている。男も女もマスクをつけているせいか、どこか謎《なぞ》めいて見えた。

地元向けの店なのか、観光客目当ての店なのかということも、いまいちわからない。

辛口のカクテルを啜《すす》りながらフロアの端まで来ると、すぐそばから艶《なま》めかしい声が聞こえてきた。

「……っん……」

鼻にかかる甘めの声は、男のものだ。

ぎょっとしてあたりを見回すと、壁沿いに作られた半個室の中から聞こえてくるようだ。半個室と言っても、薄い紗《しゃ》を重ねているだけだから、中にいる人物のシルエットは透けて見える。

男と男が、悩ましげに絡み合っていた。片方の男が、もうひとりの男の股間に顔を埋《うず》めている。ちゅぽ、ぬちゅっ、と濡《ぬ》れた音がこちらにまで聞こえてきて、体温が急上昇しそうだ。

——舐《な》めてる……んだろうか。男が、男のものを？

いけないと思うのに、見たこともない場面に足が止まり、凝視してしまう。驚くのはそれだけではなかった。性器を咥《くわ》えている男のうしろにはべつの男が膝立ちしており、激しく腰を動かしている。どうやら、男の尻に挿入して快感を得ているのだと気づいたら、かっと顔が熱くなった。

さすがにこれは冒険しすぎだ。

おろおろしてあたりをあらためて見回すと、さまざまなカップルが艶っぽく睦《むつ》み合っていた。中には、一度の性交で満足しきれないのか、すぐ隣の女性に手を出している男性もいれば、ひとりの男に複数の男が群がり、淫《みだ》らな奉仕を求めているところもあった。

噂《うわさ》には聞いたことがあったけれど、もしかしてこれはハプニングバーというやつだろうか。好奇心を剝《む》き出しにしてきてしまったけれど、刺激が強すぎる。性欲が薄いと自認している一郁ですら、なんだかおかしな気分になりそうだったので、慌てて踵《きびす》を返した。

とたんに、誰かにどんっとぶつかった。気が急《せ》くあまり、他人が背後にいることに気づかなかった。

「あ、す、すみません。——気づかなくて」

「いいえ。あなたこそ大丈夫ですか？」

艶のある男の声が聞こえてきて、こんなときなのに思わず聞き惚《ほ》れてしまった。なかなか聞くことのできない美声だ。

男はふたりいた。どちらも黒のシャツと黒いマスクを身につけている。

薄暗い場所だし、マスクをつけているせいで詳しい相貌はわからないが、かなりの美形ではないだろうか。通った鼻筋に、官能的なふっくらしたくちびるがやけに目を惹く。

ふたりとも顔の骨格がよく似ていた。

「もしかして、きみはひとり？　ここは初めて？」

明るい声で、片方の男が話しかけてきた。笑い混じりの声は初対面ながらもどこかほっとさせてくれるものだ。

「……はい。初めて来たんですが——なんか、すごいところですね」

「いろいろあるところだからね。いきなりあんなのを見たら、誰だってびっくりするよ」

可笑《おか》しそうに言って、男が肩を揺らす。そして、じっくりと一郁の顔を見つめる。

「可愛《かわい》い顔をしてるな……、いまここで俺たちが捕まえておかないと、ほかの奴らに取られちゃうよ。ねえ怜《れい》？」

「ええ、そうですね」

もう片方の男が冷ややかに言う。

ふたりにじっと見つめられ、なぜか落ち着かない。一郁はもじもじしながらうつむいた。

三人分の靴に視線を落としていると、「よかったらさ」と明るい声の男が顔をのぞき込んできた。

「少し話さない？　あそこの個室で」

指さされたほうに、薄い紗が垂れ下がる部屋が見えた。

彼らの誘いに乗るかどうかちょっと迷ったが、よく似た雰囲気を持つふたりの男の魅力に抗《あらが》えず、「はい」と頷《うなず》いた。それに、フロアにひとりでいたら、どうなるかわからない。

　個室の中に入ると、スタンドライトに半円形のソファとテーブルがあった。三人座るとそれでいっぱいだ。

　一郁を真ん中にして、右に明るい声の男、左に冷ややかな男が座った。店の言いつけもあるからマスクははずさなかったが、こうして灯りのある場所に来ると、彼らがいかに整った顔立ちをしているか、よくわかる。

　マスク越しに、目元が少しだけ見える。ひとりは吊《つ》り目で、もうひとりは柔らかに目尻が下がっている。そこをのぞけば、ほんとうにふたりはよく似ている。兄弟だろうか。

「下の名前だけでも名乗ろうか。俺は、誠《まこと》」

「私は、怜です」

「俺は、一郁です」

　短い挨拶を終えたところで、それぞれ飲み物を頼んだ。怜と誠はモヒートを、一郁はカルアミルクを注文した。普段飲まない甘めのカクテルだが、神経が昂《たか》ぶっているいま、ちょうどいいかもしれない。

　ほどなくして飲み物が運ばれてきて、全員で「乾杯」とグラスを触れ合わせた。

　一郁もぐっと喉を反らしてカクテルを半分ほど飲み干す。甘みが強いけれど、とても美味しい。

「おふたりは……ここ、よくいらっしゃるんですか？」

「いや、今日が初めてです。仕事があって……ちょうど今日終わったから、ふたりで打ち上げ代わりにって」

「この店のことは知り合いから聞いたんだよ。びっくりするような出来事があるって。でも、まさか乱交もＯＫの店だなんて知らなかった。警察にバレたら一発アウトだよね」

くすくすと誠が笑う。根っから明るい性格なのか、可笑しそうな声を上げて笑っている。

その声に緊張も少し解《ほぐ》れて、一郁も笑った。

「俺はたまたま観光中に立ち寄ったんです。今日が沖縄最後の夜だから、記念になることがしたくて」

「ひとり旅なんですね。なにか、理由があるんですか？」

「理由ってほどのものでは……ないんですが」

「教えて教えて。どんな理由でひとりで沖縄に来たの？」

誠が気さくに身を擦り寄せてくる。どうやら、人懐こい性格のようだ。

「あ、あの……」

「誠。そう無遠慮に訊ねるものではありませんよ。出会ったばかりなんだし」

「だからこそだって。いろいろ聞きたいんだよ。ね、一郁って呼んでもいい？　たぶん、俺たちよりふたつみっつ年下だよね」

「二十一です。大学四年です」

「私と誠は二十四です」

「へえ……」

誠とはそう変わらない気がしたのだが、怜は冷徹な雰囲気もあってか、もう少し年上なのかと思っていた。

喉が渇いているのか、あっという間にカクテルを飲み干してしまったので、お代わりを注文した。

「大学ってどこ？　俺たちが出たとこと近かったりして」

「ん、と……M大、です」

大学名を小声で名乗ると、怜も誠も驚いた顔をする。誰でも知っている有名私立大学だからだ。

「すごいね、一郁、頭がいいんだ」

「それしか取り柄がないというか……」

「そんなことないでしょう。あの大学に入るのはかなり難しいことなんだから、堂々と胸を張っていいと思いますよ。もう卒業間近なんですね。就職先は決まりましたか？」

怜に訊ねられ、二杯目のカクテルを飲む手が止まる。

こころの中にあるしこりが、重みを増す。口ごもっている一郁に気づいたらしく、怜がそっと、「言わなくても構いませんよ」と言ってきた。

「話しにくいことかもしれませんし、無理しないでください」

「あ、でも、あの、……もしよかったら、俺の悩み、聞いてもらえますか？」

せっかく出会えたやさしい男と冷静な男に、胸の裡《うち》を聞いてほしかった。旅の恥はかき捨てではないけれど、気心知れている学友たちにはなかなか言えない悩みでも、今日顔を合わせたばかりの相手なら逆に素直になれる気がする。

「もちろん。こうして出会ったんだから、きみのことがもっと知りたい。どんな悩みを抱えているの？」

誠の誠実な声に背中を押された気がして、「あの……」と言葉を紡いだ。

「じつは、情けない話なんですけど、俺……、四年なのに、まだ仕事が決まらないんです。頑張って面接を受けているんですが、落ちてばかりで。周りの友人は続々就職先が決まってるのに、俺だけ……恥ずかしくて、情けなくて、……だから、ひとりで沖縄に来たんです。少しでもリフレッシュしたくて」

意地が先走って、同級生にも、親にもなかなか相談できなかったことだ。ひとり、不透明な未来を抱えていた一郁は、気持ちを切り換えるために、ここ沖縄に来たのだ。

「そっか……それはちょっとつらいね」

誠が髪をくしゃくしゃっと撫《な》でてくる。そのやさしい手つきに、思わずぐらついてしまいそうだ。

「どんな仕事を希望しているのか、聞いてもいいですか？」

「え、っと、……笑わないでくださいね。雑誌の編集者、なんです」

「へえ、どんな雑誌？　教えて」

「央剛舎《おうごうしゃ》って知ってますか？」

「知ってます。大手出版社のひとつですよね」

怜が酒を啜りながら頷く。見た目は落ち着いているが、意外と好奇心旺盛のようだ。

「私たちもよくあの会社が出している本や雑誌を読みますよ。一郁さんが行きたいのは、どの雑誌ですか？」

「隔週エンタメ誌の『エイダ』っていう雑誌なんです」

「ああ、それなら俺も愛読してる！　毎回、情報がてんこ盛りで楽しいよね。俺、スイーツが好きだから、スイーツ特集のときはいつもより読み込んじゃうな」

「俺もスイーツは好きです。たまに懐に余裕があると、ホテルのケーキバイキングにひとりで行ったり」

「わかるわかる。たまにさ、無性に甘いものを食べたくなるときがあるよね。一郁、東京住まいなんだよね？　よかったら、あとで俺のお薦めのお店、教えてあげるよ」

「ありがとうございます」

出会ったばかりなのに、屈託ない誠につい笑みがこぼれる。一郁、と親しみをこめて呼ばれるのもなんだか嬉《うれ》しい。

「ずっと前から『エイダ』の愛読者で、いつか俺自身もこの雑誌に関わってみたい——そう思っていました。だけど、緊張しすぎて、面談で落ちてしまって……ほかの雑誌や本の編集者でもいいかなと思ったんですが、なかなか諦められないんですよね。そういうのが顔に出ているのかもしれません。受ける会社受ける会社、どこも通らなくて」

「結果が出ないことへの焦りや怖さは、私たちにもよくわかりますよ」

「怜さんたちが？　会ったばかりの俺が言うのも変かもしれないけど、おふたりとも自信があって、不安とは無縁に見えます」

「そんなことないよ。ただ、必死に押し隠してるだけ。俺も怜もかなりの見栄っ張りだから」

怜と目を合わせた誠は可笑しそうだ。

「いまでもまだ諦めてない？　『エイダ』への道」

「沖縄に来ることで少しは気持ちも切り換えられるかなと思ったんですが……まだ、だめみたいです。長く憧れすぎたのかも。最初に読んだのは小学生のとき、父がたまたま買ってきたのを貸してもらったんです。確かそのときは夏場のオカルト特集なんてものをやっていたんですよね。俺、ホラー映画も結構観ていて、その手の話も大好きで。その特集も日本全国から集めたミステリースポットや恐怖体験がぎっしり載っていて、専門書顔負けの濃さだったんですよ。もう、毎日繰り返し読むぐらいはまってしまって、次からは自分のお金で買うようにして……って、あ、す、すみません。俺の話ばかりして」

好きなものについて語り出すと止まらないのが、一郁の癖だ。

慌てて頭を下げると、「謝ることないよ。もっと聞かせて」と誠が微笑む。

「一郁の話、楽しいよ。自分が好きなものにまっすぐに向き合えるところ、編集者に向いてると思う。情熱がないとできない仕事だしね」

「編集者の仕事に詳しいんですか？」

「んー、詳しいってほどでもないけど、仕事で接する機会があるから」

「仕事……」

朗らかな誠に、冷静な怜。

ふたりの間柄もよくわからないが、いったいなんの仕事をしているのだろう。一度気になるととことん食らいついてしまうのも一郁の性格だ。

——そういうところを生かして、編集者になりたいんだけど。

一郁は怜と誠を交互に見つめた。

マスクをしていても、滲《にじ》み出る華やかさと色気はただものじゃない。同じ男として憧れてしまうぐらいだ。

「なんのお仕事、されてるんですか?」

「なんだと思いますか?」

怜はグラスに口をつけ、軽く笑う。声を立てずに笑うのが、怜に似合っている。

誠も微笑んでいる。謎めいたその雰囲気につかの間見とれ、首を傾《かし》げた。

「……芸能人、とか?」

「ふふっ、俺たち、そんなに派手に見える?」

「普通のひとよりはずっと華やかです」

「嬉しい褒め言葉ですね、誠」

「ああ。やっぱり俺たちの目に狂いはなかった。——ねえ、一郁」

誠がそっと手を摑《つか》んで、引き寄せてくる。

温かく、ごつごつとした大きな手に鼓動が逸《はや》る。意味深な熱に驚いて無意識に身を引くタイミングを待っていたのか、ぐっと腰を抱き寄せられて、誠の胸に倒れ込んでしまった。

「あ……っ!」

「逃げないで。俺たちは、きみに一目惚れしたんだ」

「え……、ひと、めぼれ……?」

誠の言葉が即座には飲み込めない。いったい、なにを言われたのか。

顔を寄せてみて、わかった。誠が着ているのは上質のコットンシャツで、反対側から身体《からだ》を押しつけてくる怜のシャツはシルクでできている。セレクトショップでバイトをしているから、素材の違いはわかる。

誠の逞《たくま》しい腕に抱かれ、頰が熱い。

出会って間もない男相手に、こんなことをしていいのだろうか。

そもそも、一郁はゲイではない。本来なら同性の熱に嫌悪感を抱いてもおかしくないのだが、東京から遠く離れた場所にいることや酒が入っていること、そして怜と誠のふたりがあまりにも魅力的だから、揺れてしまう。

「一目惚れって、俺に、ですか？」

「そうだよ。さっき、フロアで俺たちが声をかけたときのびっくりした顔、すっごく可愛かった。仕事柄、いろんなひとに会ってきたけど、きみみたいに素直な感情が顔に出る子はなかなかいないよ。ねえ、怜」

「ええ。店に入ってきたときから、こういう場に慣れていないようだなと思っていたので、好奇心半分、心配半分で声をかけたんですが――予想以上に、いい」

怜の低く艶のある声が鼓膜にじわりと滲み込む。

「だけど、俺は、あなたたちみたいに華やかでもなんでもないのに。男性との経験も、ないし……」

「俺も怜も、実直な子が好きなんだ。きみは、自分の夢を持っていて、いまは少しつらい立場にあるけれど、けっして諦めていない。叶《かな》えたいっていう強い気持ち、俺たちもわかるから……俺たちに、身体を預けてみない？　絶対に気持ちよくしてあげる」

「な、……っ」

誠が髪を梳《す》いて、そっとくちづけてくる。

「……っ、ん……！」

重ねられた熱いくちびるに、驚きの声が吸い込まれていく。

最初は、ごく軽く押し当てられただけだ。まるで、一郁の反応を試すかのように。

——怖い、気持ち悪いと思うなら、突き飛ばして逃げればいいってわかってる。行きずりの、しかも男にキスされているなんて嫌悪以外のなにものでもないのに、どうしてだか引きずられてしまう。

角度を変えてぶつかってくるくちびるの熱さに負けて、「……ん」とくぐもった声を漏らすと、誠はちょっと笑い、舌先でつついてきた。

「……っぁ……」

胸に生まれた熱い塊を吐き出そうとしてくちびるを開くなり、ぬるりとした舌が潜り込んでくる。女性とも、ディープなキスはあまりしたことがない。

唾液でぬるつく舌が口内をたっぷりと犯していく。肉厚のそれを口に受け入れるのは少し苦しいけれど、妙に疼《うず》くものもあった。

くちゅりと音を立てて舌を吸い上げられながら喉を指先でくすぐられ、たっぷりと伝わってくる唾液をこくりと飲み込んだ。酒を口にしていたときよりも、意識がふわふわしている。

「っ、誠、……さん」

「なに？　きみのそういう声を聞いてると俺、暴走しちゃうかも」

「勝手はだめですよ、誠。私にも一郁さんを触らせてくれないと」

「あ……っ」

背後から胸を探られて、むず痒《がゆ》い。シャツの上から胸の尖《とが》りを探り当ててきた怜は、まだちいさくて柔らかなそこを根元からつまみ、くりくりっとねじる。

「ん――ン……っま、って、俺……女の子、じゃないのに……ど、うして……」

「胸の愛撫《あいぶ》は初めてですか？　だったら、私のすることをしっかり覚えてください。男のこは、時間をかけて愛されると性感帯のひとつになるんですよ」

丁寧に乳首を揉《も》み込んでくる怜の指が与えてくれる刺激に、溺れてしまいそうだ。

「待って、……まって、……そんなに強くしたら……っ」

「強くされるほうが気持ちよさそうだよ、一郁。さっきからずっと腰が揺れてる」

誠に耳元で指摘されて、耳まで熱い。

「そっかぁ……一郁は男性との経験がなくても、触られると我慢できなくなっちゃうみたいだね。エッチで可愛いよ。おっぱい、好き？」

「ン――……っ！」

淫らな言葉に顔を赤くしていると、シャツをはだけて、怜が尖りに吸いついてくる。

「ああっ、あっ、あっ、――んっ」

ちゅうっときつく吸われる快感に、一郁は身悶《みもだ》えた。まるで、ぎらぎらした欲望が全身を駆け巡っていくようで、自分でも抑えきれない。

「こんなに可愛らしい乳首は初めてです。わかりますか、一郁さん。私が吸うほどあなたのここはいやらしく尖って、赤く染まる。もっと強く吸ったらなにか出てしまいそうですね」

低く笑う怜は右、左と交互に乳首を吸う。心臓のある左側のほうを責められると、余計にどきどきしてしまう。それが怜にも伝わったらしい。とくに左を執拗《しつよう》に舌で責めてきて、一郁が声を上げると、カリッと甘嚙《あまが》みする。

「……や、っだ……嚙んだら……っ」

「嚙んだら、どうなりますか？　……ああもう、こっちはガチガチだ。これで、一郁さんは胸が弱いってことがわかりますね」

怜の手がするっと下肢に落ちて、苦しいほどに昂ぶっているものを押さえ込むファスナーをもったいぶりながら下ろしていく。ジリッと金属の嚙む音が、やけに淫らだ。

薄く目を開けると重なった紗の向こうに抱き合っている人影が見える。

ひととき現実を忘れて淫欲を全身に浴びる――ここはそんな秘密の場所なのだろう。

──酒が入ってるせいで、ろくな抵抗ができない……それに、ひどく気持ちいい。

ゆっくりと前を開いた怜が、両足の間に顔を埋めてきたときはさすがに驚いた。

「や、め……っ怜さん、……そこ、……！」

ジーンズを下着ごとずり下ろされてしまい、ペニスが勢いよくしなる。

「……ふふっ、もうとろとろですね」

「俺にも見えるようにして、怜。……ああ、可愛いよ、一郁。先っぽからたらたら汁がこぼれてるじゃないか」

「だって、……変なふうに触るか、ら……あぁ……っ」

怜が性器の根元を摑み、薄い茂みにちろちろと舌を這《は》わせる。そんなことをされるのも生まれて初めてだったから、舐められるたびにひくんと身体をふるわせてしまった。

女性とつき合ったのはふたりほどで、どちらもあまりセックスを求めてこなかった。一郁としても、一緒にいるだけでこころが十分満たされたから、汗をかいてまで肌を重ねようとは思わなかった。

──だけど、いまは背中を汗が滴り落ちている。厭《いと》わしいはずなのに、なぜだか気持ちいいのはどうしてなんだ？

怜の口淫は巧みだった。くびれのところにくちびるを引っかけて、浅く、ちゅぽちゅぽと音を立てながら顔を前後に動かす。そうするとまだくちびるの中に入れてもらえない竿《さお》までじんじん痺《しび》れ、早くも達してしまいそうだ。

怜の形のいいくちびるの中に、自分のものが出たり挿《はい》ったりするところを間近に見てしまい、背筋がぞくぞくする。

「あっ、ん……ん、……っ」

「感じてるんだね、一郁……きみの声、飲み込んじゃおうかな」

誠が深くくちづけてきて、うずうずと舌を擦《こす》り合わせながら、胸を大胆に揉み込んでくる。

怜に舐《ねぶ》られるペニスは限界まで硬くなり、一郁の意思に反して彼の口の中を突いてしまう。

だが、怜はそれをいやがるどころかむしろ喜んでいるようで、激しく頭を振りながらしゃぶってきた。

陰嚢《いんのう》を口に含まれて転がされ、ひくつく筋にまで舌が伝ってくる。

じゅぷっ、じゅぽっ、と愛液と唾液が絡まる音に、もう耐えられなかった。

「っ……く、顔を、はなし、て……っ」

今夜初めて顔を合わせた男の口の中でいくわけにはいかない。ぼやける一方の理性にすがろうとしたが、全身を覆う快感は鋭くなるばかりだ。

「だめだよ、全部怜の口の中に出して。そして、俺とのキスに溺れて」

一郁が息苦しさを覚えてマスクをむしり取ると、彼らもそろって端整な素顔をさらした。

誠がくねる舌で追い詰めてくるのと同時に、ペニスに絡みつく怜の舌もより力を増す。先端の割れ目を熱い舌で抉《えぐ》られて、一郁はどっと吐精した。

「あ、っ、あっ、……ん……ふぅ……っぁ……！」

ちゅ、ちゅ、と誠が背後から熱っぽくくちづけてくる。その間も怜は下肢を舐り、ときおり、ごくりと喉を鳴らす。どくどくっと脈打つペニスはなかなか鎮まらず、怜の口の中で硬いままだ。

「……飲んだ、んですか……俺の、もの」

満足した顔で、怜が「ええ」と頷く。

「ずいぶん溜《た》めていたんじゃないですか？　とても濃くて美味しかった」

「……っ」

「怜のフェラチオ、気持ちよかった？　いく瞬間のきみの顔、たまらなかったよ……俺のも咥えさせたいぐらい」

「――誠さん！」

怜のくちびるも、誠のくちびるも卑猥《ひわい》に濡れている。

――してしまったんだ、出会ったばかりの男性と。

我に返ったら死ぬほど恥ずかしい。

一郁は慌てて彼らから飛びのき、乱れた衣服をなんとか直した。

まだ足元がふらついていて、うっかり転んでしまいそうだが。

一刻も早くこの場を離れないと、頭がどうにかなってしまいそうだ。

「一郁、どうしたの？」

「……ごめんなさい、俺……俺……！」

こういう場合のスマートな対処法を知らない一郁は、驚いた顔をしているふたりにちいさく頭を下げ、その場から逃げ出した。

店の外に出るまで何度も振り返ったが、彼らが追ってくる気配はない。

通りに出て、やっと深呼吸した。

「はぁ……」

離れた場所から、おそるおそる、クラブがあったビルを振り返る。

いったいなにがあったというのだろう。まるで悪夢に放り込まれたか、不可思議なまじないにでもかかった気分だ。

だけど、夢でもまじないでもないことは、熱が引いていない身体でわかる。指先まで、まだ熱い。

「……どうして、あんなことに……」

ひとり呟《つぶや》きながら、誰も出てこないビルを見つめる。きっと、いまでもあのクラブでは多くの男女が淫らな行為に耽《ふけ》っているのだろう。

怜も、誠も、自分のことなんかすぐに忘れて次のパートナーを探しているかもしれない。

そのことが少し胸を重くするが、強く頭を振って、通りを走るタクシーに手を挙げた。

強烈なアバンチュールの時間は、もう終わりだ。

「じゃ、一郁、また明日な」

「うん、また明日」

同じ講義を取っていた学友の岩見敬一《いわみけいいち》に頷き、教室を出ようとすると、「そうだ、一郁」と岩見があとを追ってきた。

「うっかり忘れるところだった。これ、おまえがこの間探してたホラー映画のＤＶＤ」

「あ、これ……！　どこで見つけたんだ？　レンタル店でも見つからなかったのに」

「たまたまネットのオークションをのぞいたら、出品されてたんだよ。あまり高値じゃなかったから、即決で落札した」

岩見が渡してくれたのは、二十年ぐらい前のアメリカのホラー映画だ。

三姉妹がいるある家族が、都心から自然を求めて郊外へと引っ越したのだが、末娘が毎日のように森の中へと遊びに行き、だんだんと弱っていく。必死の看病のかいもなく末娘は亡くなり、家族はひどく嘆き悲しむ。次に次女が誘われるように毎日森に向かい、やはり亡くなってしまう。

これはただごとではないと悟った長女と両親が力を合わせ、互いに森へと行かないように見張り合う。すると、家のあちこちに血まみれの手の痕《あと》がつき、夜は眠れないほどの泣き声に襲われる。

森の中にいる妹たちが呼んでいるのだろうか、それともまったく違うものが待ち構えているのか——というようなあらすじだ。映像はシンプルなのだが、平凡な日常が恐怖でどす黒く染まっていくあたりがリアルで、深夜のテレビで流されたのを一度だけ観て、すっかりはまってしまったのだ。

そのことを岩見に話していたから、覚えていてくれたのだろう。

嬉しさを隠せず、「ありがとう、ずっと探してたんだ」と笑顔を見せた。

「お礼するよ。なにがいい？」

「べつにいいって。俺、いつもおまえのノートを見せてもらってるし」

「岩見はこれ観たんだっけ」

「冗談だろ。俺はその手の映画は一切観ない」

「ふふっ、怖がりだもんな、岩見」

「笑うなよ、こら」

「だけど、ただでもらうわけにはいかないよ。手数料もかかってるんだし」

「んー……じゃ、今度おまえの手作りカレーが食べたい。前に一度食べさせてもらったけど、あんなに旨いのって店でも味わえないよ」

「そんなのでいいのか？」

「俺には、そんなのがいいんだよ。じゃあ、今度こそ明日な」

気さくに言って先に岩見が教室を出て行く。

岩見の背中を見送りながら、一郁は笑みを浮かべる。

どんなことにも積極的で、親切な岩見とは、一年の頃からの親友だ。活動的な岩見はテニス部に入部し、ゼミで顔を合わせる一郁のことも新歓コンパに誘ってくれた。岩見ほど運動神経に恵まれていない一郁は四年になる今日までどこの部にも所属しなかったが、岩見が出る試合はよく応援に行った。テニス部はオープンなサークルで、所属していない生徒でも分け隔てなく受け入れてくれ、夏の軽井沢《かるいざわ》合宿にも同行したことがある。

合宿といっても気楽なもので、軽い練習をこなしたあとは、林の中を散歩したり、みんなでバーベキューをしたりと楽しいものだった。

誘い好きな岩見がいなかったら、大学生活はもっと地味なものになっていただろう。資産家に育った岩見はすでに有名商社の内定をもらっているし、単位も十分に取っているから、学校に来るときはほとんど手ぶらだ。

傍目《はため》から見たらなんの苦労もなく過ごしてきたように思える岩見だが、裕福な家庭で育っただけに懐が深く、他人にもやさしい。

──傲慢になってもおかしくないのに、岩見は違う。

そんな岩見のために、今度、美味しいカレーを作ろうと決心しながら校舎を出て、門に向かうと、ちょっとしたひとだかりができていた。

なんだろうと思い、騒いでいる学生のうしろから背伸びをしてみると、艶めいた黒のポルシェカレラが一台停《と》まっている。そこに、サングラスをかけた男がひとり、寄りかかっていた。黒のシャツの袖を軽くまくり、シックな焦げ茶のパンツを合わせている。ひとつひとつはなんでもないアイテムだが、着る人間によっては威力が増す。目の前の男がいい例だ。

「……っ……」

とたんに、二週間前の沖縄旅行が鮮やかに蘇《よみがえ》る。

なぜ、あの彼がここにいるのだろう。

「あ……！」

掠《かす》れた声が離れた場所にいる彼に届いたわけでもないだろうに、サングラスを少しずらした長身の男は片頬で笑い、近づいてきた。

「お久しぶりです、一郁さん。やっと会えた」

洗練された容姿と独特の低音に、女生徒たちは一様にうっとりした次に、驚いた顔で一郁を振り返る。

ポルシェを駆ってきた男と、平凡な一郁の取り合わせがめずらしいのだろう。

「澤野くん、知り合い？」

ゼミでたまに顔を合わせる女生徒が訊ねてきて、どうしようかと思ったが、「……ちょっとだけ」と頷いた。

あの旅行の最後の夜に起きた出来事は、誰にも話していない。「沖縄、どうだった？」と聞いてきた岩見には土産を渡しながら、「海がすごく綺麗だったよ。ひとりでも楽しかった」と強気に言った。

秘密のクラブで男ふたりに淫らなことをされた思い出は固く胸にしまっておいて。

だけど、一日たりとて忘れたことはない。何度もひとりあのときのことを思い出しては、身体を熱くした。

——あれは、旅先で起きたハプニングだ。沖縄の夜になにがあったか、俺が喋《しゃべ》らなければ、誰にも知られることはない。時間が経《た》てば、きっと忘れられる。

そう思っていたのに、まさか熱をともにした男の片割れが目の前に現れようとは。丁寧な口調から、たぶん怜ではないかと思うのだが、サングラスで目元を隠されているから断定はできない。

操られるようにふらふらと彼の前に出た。

「学校は終わりましたか。よかったら、ドライブしませんか？」

る。

「ドライブ、ですか」

ごくりと唾を呑《の》み、肩越しに背後を振り返る。ひとだかりはさっきよりも大きくなってい

「ねえねえ、これなんかの撮影？」

「どうして澤野が呼び出されてるんだ。あのモデルみたいな男、うちの大学の奴じゃないよな」

「格好いいよねぇ、サングラスはずしてくれないかな」

これ以上もたもたしていたら、もっと騒ぎになってしまう。目立つのは避けたいから、

「……わかりました」と頷いた。

好奇の視線を浴びながらポルシェの助手席に身をすべり込ませる。ハンドルを握る男は慣れた仕草でエンジンをかけ、車を発進させた。

あっという間に学友たちが遠ざかっていく。

ポルシェに乗ったのは初めてだ。岩見をはじめ、わりと裕福な家庭に育った学生がいるので、学校にも車で来る者がいる。とはいっても、人気の大型ワゴン車だったり、手頃な価格の国産車がほとんどだ。

中古車でもかなりの高値であるポルシェカレラを自在に操る男は、この車に深い愛着を抱いているようだ。ハンドルを大切そうに握る手からも、そのことがわかる。

「あの……誠さん、……ではなくて、怜さんですか？」

「よくわかりましたね。まだサングラスをはずしていないのですが」

「口調で、そうかなと。これから、どこに行くんですか」

「あなたに会わせたいひとがいます。いいですか？」

なんとなく予想がついたものの、聞かないでおくことにした。彼の車に乗った以上、なんらかの冒険が待っているはずだ。

「それよりも、どうして俺の大学がわかったんですか？」

「あの晩、一郁さんが大学名を口にしていたのを覚えていたんですよ」

「あ……俺が言ってたんですね」

「ええ、もしかして、あの夜のことは全部忘れてしまいましたか？」

「……忘れるはずがありません」

「ですよね。あなたが急に帰ってしまったから、寂しかったけど、またこうして会えて嬉しい」

からかうように言って、男はサングラスをはずした。目元の泣きぼくろが色っぽい。誠にはなかったものだから、やはり彼は怜なのだろう。

「ただ、学部までは聞いてなかったから、直接訪ねることはできませんでした。いつか会えたらいいなと思って、仕事の合間を縫って大学の前で待っていたんですよ」

さらりと怖いことを言われた気がしたが、彼ほどの美形に待ちぶせをされたというのは、そういやなことではない。むしろ、胸がどきどきしてしまう。

「そうだったんですね……お互いに、名前しか名乗ってませんでしたもんね。——俺、澤野一郁といいます」

「伊達《だて》怜です」

「格好いい名前ですね」

「よく言われます。名前負けしてるんじゃないかってたまに思いますが」

「そんなことありませんよ。よく似合ってます」

くすりと笑う怜は表参道《おもてさんどう》へと車を向け、とあるビルの裏にあったコインパーキングへと停めた。

「ここの近くにある喫茶店に行きましょう。美味しいライムスカッシュが飲めます」

「はい」

彼と並んでこぢんまりした喫茶店に入ると、「いらっしゃいませ」と柔らかい声がかかった。黒いカフェエプロンをつけた男がカウンターの内側から出てきて、怜に「お連れ様はあちらです」と言う。まだ若く見えるが、彼が店長らしい。

店の奥のテーブルには、サングラスをかけ、雑誌を読んでいる男がひとり。午後二時過ぎの店内は、自分たちのほかに、カウンターに座る男がいるぐらいで、のんびりしている。賑やかな表通りから離れているせいか、心地好《ここちよ》い静けさだ。

一郁は緊張しつつ男の前に座り、怜は彼の横に座った。

「みんな、ライムスカッシュでいいですか？」

「それでお願いします」

「俺も」

弾むような声音の持ち主を、一郁はじっと見つめた。

この声には覚えがある。

「かしこまりました。しばらくお待ちくださいませ」

店長が下がると、男はするっとサングラスをはずした。怜にそっくりな顔だ。明るく、エネルギッシュなものを感じさせる解放感たっぷりな笑顔に、「……誠さん！」と声が掠れた。

「よかった。また会えたね」

「怜さんも、誠さんも、……あの日のことは夢じゃなかったんですね」

「夢じゃない、現実だよ。俺と怜は交代できみの大学に行って、いつか会えるのを待っていたんだ」

「……びっくりしました」

クラブで会ったときはマスクで顔の一部を隠していたが、今日は素顔だ。切れ長の目に高い鼻梁《びりょう》、笑みを刻んだくちびるると、どれをどう見ても魅力的だ。

「それにしても、おふたりともやっぱりそっくりですね」

「驚いた？　俺たち、一卵性の双子なんだ。俺が弟の誠で、こっちが兄貴の怜」

「双子……だったんですか」

こんなにも似たひとを見たことがないから、素直に驚いてしまう。似ていないところを探すほうが難しいぐらい、彼らの容姿はうりふたつだ。吊り目と垂れ目以外の相違点は、怜の泣きぼくろだろう。もしもそれがなかったら、区別がつかないほど彼らは似ている。

「ほんとうに似ているんですね。声色も似てます」

「怜が丁寧言葉をやめると、俺そっくり」

「ちいさい頃は、どっちがどっちだか区別がつかない大人をよくからかいました」

ちいさく笑う怜の隣で、誠が可笑しそうに頷いている。

「ライムスカッシュ、お待たせいたしました」

笑顔の店長が、銀盆に細長いグラスを三つ載せて近づいてくる。それぞれに櫛《くし》切りにしたライムとハーブが飾ってあって、いかにも夏の飲み物だ。

「じゃあ、再会に、乾杯」

「乾杯」

グラスを触れ合わせ、きらきらした液体を口に含んだ。

「……これ、美味しい」

「よかった。後味がすっきりしていて、私たちもよくこれ目当てにここに来るんですよ」

「大学はどう？　楽しい？」

「はい、まあまあというか、仕事さえ決まれば文句ないんですけど」

「まだ時間はあるから、頑張ろうよ。俺たちで力になれることがあったら、どんどん言って」

「その言葉だけでも励まされます」

未来が決まらずに苦しい思いはいまだ続いているが、とりあえず、精一杯毎日をこなそうと自分に言い聞かせているだけに、誠たちの言葉は純粋に嬉しい。

爽やかなライムスカッシュのおかげで、少し落ち着いた。

彼らに再び会えたことで、穏やかな日常に鮮やかな色がついたようだ。

「今度はちょっとメイクをして、きみに会おうかな。泣きぼくろをつけたら、俺たちのどっちが怜で、どっちが誠かわからなくなるかも」

「メイク、ですか。あの、おふたりの仕事って？　やっぱり、芸能人ですか？」

「近いですね。種を明かすと、モデルです。私も誠も、メンズモデルとしてショーに出たり、雑誌に載ったりしているんですよ」

「モデルさんですか……。そっか……」

怜に言われて、納得した。整った容姿に鍛え上げられた細身の肉体は、確かにモデルという職業に合っている。友人の岩見もいい男だが、怜や誠たちの魅力は次元が違う。自分という人間を商品にしているだけに、隙というものが見当たらないし、なにをしていても様になる。

「ね」

誠が手を伸ばして、そっと触れてきた。

「俺たち、絶対にきみにまた会いたかったんだ。出会いが出会いだから敬遠されてしまうかもしれないけれど、もしよかったら、たまに会ってくれないかな。俺も、怜も、きみに参ってるんだよ」

嬉しい言葉に口元がほころびそうになるが、誰からも一目置かれるような彼らに求められるほどのなにかを自分が持っているとは思えない。

「でも、……だけど、ほんとうに俺、あなたたちに比べたらたいしたものではないのに」

「一郁は謙虚だなぁ。自分の魅力、もう少しわかったほうがいいよ」

あのさ、と言って、誠は目を輝かせる。

「きみにはちゃんと魅力があるよ」

「え、……ほんとう、ですか？　どこ、ですか？」

「そうやって素直に食いつくところも、魅力のひとつですよ」

怜が噴き出したことに、頬が熱くなる。

「すみません。自分に魅力があるなんて考えもしなかったから。どんなところがいいのか、自分でもわかったらもっと就活も前向きに挑めるかなと思って」

「きみには、素直さと行動力があるよ。ひとりで沖縄に来た行動力、それに、あちこちを見て回ろうという好奇心。そこで受けた感動を受け入れる素直さ。これだけでも、十分に魅力的だよ」

「私たちの仕事は一見派手に見えますが、現場は案外地味なもので、表舞台に立つ以外はさまざまなレッスンの連続です。ウォーキングだったり、身体を鍛えるためのエクササイズだったり。知り合いは大勢いますが、誰もがライバルの世界で、親しい友人ができることはほとんどありません。そういう日常はたまに窮屈で……」

「だから、沖縄でロケがあったとき、最終日にあのクラブに怜とふたりで、お忍びで行ったんだ。仕事の損得を抜きにした、純粋な出会いがほしくて」

「そこで、あなたに出会ったんですよ、一郁さん」

まっすぐ射貫いてくる怜の視線の強さに、たじろいでしまう。

このふたりに濃密に愛撫され、喘《あえ》いだ夜の記憶はいまだ鮮やかで、夢にも出てくる始末だ。

——もし、もう一度会えたら。

そう思っていたのは、嘘《うそ》じゃない。だが、自分と彼らとでは住む世界が違いすぎると感じていたのだ。モデルだと正体を明かされたいまでも、求められていることがにわかには信じがたい。

――でも、もし嘘じゃないなら……俺も、彼らのことをもっと知りたい。ひとりではなかなか冒険できないことも、パートナーがいるならこころ強い。

これだけ磁力の強い人物に出会うこともそうそうないだろう。ならば、とことんつき合ってみるのもひとつだ。

「……あの、俺でよければ……友だちから始める、とかでいいなら」

つっかえつっかえ言うと、誠と怜が顔を見合わせて微笑む。

「もちろん！　今日から俺たちときみは友だち。一緒にたくさん、いろんなことをしよう」

「あらためて、よろしくお願いします」

照れくさい気持ちで笑みを交わした。

「今日は、おふたりともお仕事はお休みなんですか」

「午前中にスタジオでの撮りがあったんだ。わりと巻いたおかげで、早めに終えられた。いつもこうだといいんだけどね」

「いつもは遅くなるんですか」

ライムスカッシュを飲みながら、怜が苦笑する。

「大人数で行う雑誌の撮影だと、ちょっと大変ですね。私と誠はわりと幼い頃からこの世界にいるので、だいたいの手順はわかっていますが、最近スカウトされたひとがいると、撮影時に緊張してしまって、かなりの時間を食うんです」

「自然体でいればいいだけの話だと思うけどなぁ。俺なんか、いっつもこのあとなに食べようかなってことばかり考えてる」

「ふふっ、誠さんは緊張知らずなんですね。ちょっと羨ましいです。俺も、就活の面接では緊張するたちですから。……怜さんは？　やっぱり緊張しないほうなんですか？」

「怜はね、感情が面に出ないんだよね。いつどんなときでもクールに決まる。弟の俺でもちょっとやっかむぐらい」

「誠ほどがっついているわけではありませんが、よりよい自分を表現しようと思っているだけですよ」

見た目はそっくりだけれど、中身はかなり違うようだ。聞けば聞くほど、ふたりのことがもっと知りたくなる。

「そうだ、よかったら今度スタジオに遊びに来ない？　俺と怜がどんなふうに仕事しているか、きみにも見せたいな」

「え、いいんですか？　部外者なのに」

「俺からちゃんと現場に伝えておくよ。雑誌の撮影っておもしろいよ。季節を先取りしているから、いまはもう冬服を着て撮ってる」

「一郁さんは編集者を目指しているんですよね。だったら、ぜひ一度スタジオに来てみてください。カメラマンと編集者以外にもいろんなスタッフがいて、誰がどんな仕事をしているか、見るだけでもなにかの参考になると思います」

真と怜に口々に誘われ、「はい、ぜひ」と頷いた。

「現場に呼んでもらえるなんて、光栄です。四年で必要な単位はもう取ってるし、卒論も目《め》処《ど》がついているんで、セレクトショップでのバイト以外はわりと暇なんです」

「実家暮らし？」

「いいえ、ひとり暮らしです。実家は福岡《ふくおか》で、大学入学をきっかけに実家を出たんです」

「そっか、俺と怜もそう。大学に入ったのを機に練馬《ねりま》の実家を出て、いまは麻布十番《あざぶじゅうばん》のマンションにふたりで住んでる。今度おいでよ。俺がなんか作るからさ」

フレンドリーな誠に微笑むと、隣の怜が肩をすくめている。

「誠の料理には要注意ですよ。作る作ると大きいことは言いますが、黒焦げだったり、生煮えだったりしたことが幾度あったことか」

「あ、あれは、ただ時間がなかったっていうか、……失敗を重ねればいつか上達するんだよ」

反論する誠に、怜は冷ややかな顔を崩さない。

「いつか誠の料理で殺されるかもしれません」

「俺の料理は毒物じゃないってば」

「俺、食べてみたいです、誠さんの料理」

取りなすように言うと、誠がまぶしい笑顔を向けてきた。

「きみならそう言ってくれると思った。ところできみは？　なにが得意料理？」

「たいしたものは作れませんけど、和食がメインです。うち、実家で米を作っているので、よく送ってもらうんですよ」

「へえ、いいなぁ。取れたての新米だったら、味噌汁《みそしる》だけでも十分美味しいよね」

「まったく……誠は食べることばかりですね」

怜が呆《あき》れたように言うと、誠はちょっとむくれる。

「だってさ、腹が減ってたらなにもできないだろ。コンビニや外食ですませることも多いけど、それだけじゃ満たされないっていうか」

「わかります。外食って美味しいですけど、続くとちょっと飽きることもありますよね。そういうとき、俺、シンプルにおかゆと、卵焼きや漬け物にします。たまに食べると、おかゆって美味しいですよ。胃にもやさしいし。風邪《かぜ》引いたときにもよく食べます」

「じゃ、今度俺が風邪を引いたら一郁に電話して来てもらおうっと。あ、そうだ。携帯番号、教えてもらってもいい？　あとメールアドレスも」

「あ、はい」

急いでショルダーバッグの中からスマートフォンを取り出し、番号を伝えた。誠のほうが簡単なメールアドレスだったので、口頭で教えてもらうことにした。隣で、怜もスマートフォンを操作している。

「誠、わかっていると思いますが、抜け駆けは禁止ですよ。一郁さんに電話するのは互いに自由だとしても、ふたりっきりになっていろんなことをしないように」

「言われると思った。はいはい、約束約束」

苦笑いしていなす誠に、怜はやれやれといった風情だ。

「さてと、これで友人になる下地はできた。俺としてはもっともっと深いところまで一気に行きたいけれど、きみの気持ちを最優先したいから、少しずつ、ね。来週の火曜日は空いてる？　都内のスタジオで、雑誌の撮影があるんだ。よかったら、見に来ない？」

「いいんですか？」

怜にも聞くと、「ぜひ」と頷かれた。

「私たちのほかにも数人モデルがいる撮影なので、賑やかです。私と誠が一緒のカットもありますが、単体でのカットもあるので、どちらか片方があなたのそばにいます。編集者も来ているから、話を聞いてみるのもいいと思いますよ」

「うわ……、じゃあ、ぜひお邪魔します。迷惑にならないよう注意するので、よろしくお願いします」

頭を下げると、誠が笑い、手を伸ばしてきて髪をやさしくかき回してくる。

「礼儀正しいね。もっと好きになっちゃいそうだよ」


翌週の月曜日、一郁は自宅アパートでテレビを観ながら、シャツにアイロンをかけていた。明日は、いよいよ怜たちのスタジオを訪れる日だ。初めてのことなので緊張してしまうが、できれば多くのものを吸収したい。

怜や誠に恥をかかせないようにと、半袖の白いボタンダウンシャツを着て行くことにした。一郁は普段からTシャツよりボタンダウンのシャツが好きで、自宅で洗濯したあと、丁寧にアイロンがけをしていた。

テレビに映っているのは、この間、岩見からもらったホラー映画だ。もう二度観ているが、やっぱりおもしろい。最初は自然を謳歌《おうか》しようとしていたはずの家族が、だんだんと追い詰められ、孤独な森を怖々と見つめるようになるまでの変化がとてもいい。

岩見には、「よくひとりで観られるな」と言われた。幼い頃から両親が仕事で忙しく、ひとりっ子だっただけに、寂しい時間をしのぐ術《すべ》はこころ得ている。

だが、映像に見入っていた瞬間、ベッド脇で充電していたスマートフォンが突然鳴り出し、一瞬びくっとしてしまった。

急いで手に取ると、液晶画面には、「伊達誠」と表示されている。

「もしもし?」

『よかった、まだ起きてた?』

「はい。テレビ観ながら、アイロンをかけてました」

『偉いね。クリーニングに任せっきりじゃないんだ』

「ちょっと面倒ですけど、自分でやったほうが安上がりだし、それに俺、アイロンがけが好きなんです」

『お、そうなんだ。俺なんか、一度アイロンでひどい火傷《やけど》をしたことがあって以来、なんだか怖くて。情けない話だよね』

「そんなことないです。俺だってたまに指先を火傷しそうですもん」

他愛ない会話に微笑み、「お仕事、終わったんですか?」と聞いてみた。誠たちとはたった三つ違いだけれど、相手はもう立派な社会人だ。しかも、自分の顔と肉体を武器にした仕事だ。モデルという職業にまつわる細かな決まりごとまではわからないが、彼らがどれだけのプレッシャーと闘っているか、想像することはできる。

――俺には無縁の世界だ。だからこそ、親しくなれたのかもしれない。誠さんも、怜さんも、幼い頃からモデルをやっていたようだから、気は抜けないんだろう。

『仕事は一時間前に終わって、夕食を食べていまから帰るとこ』

「怜さんも一緒なんですか」

『ううん、あいつはちょっと居残りでインタビュー受けてる。俺は昼間のうちに終えてたんだけど、怜はインタビューに時間がかかるんだ』

「へえ……どうしてなんだろう」

『言葉に対して、すごく真面目だからね、怜は。俺は感情に任せてぽんぽんと答えちゃうほうだけど、あいつは質問の意図をじっくりと捉えて、いちばんふさわしい言葉で表すんだ』

「容姿はそっくりでも、やっぱり全然違うんですね」

『でしょ？　きみにももっと俺たちの違いを知ってほしいな。ちなみに、俺はおにぎりの具でなにが好きかっていうとシャケ。怜はおかかだよ』

「俺はタラコが好きです」

笑って答え、「そうだ」と言った。

「明日、スタジオにお邪魔する件ですけど、……あの、もしご迷惑じゃなければ、俺、お弁当を作っていきましょうか？　おにぎり、とか」

『ホントに⁉』

電話の向こうの声が嬉しそうに跳ね上がる。

『でも、大変じゃない？』

「全然。まだ近所のスーパーが開いてる時間だし。三人分のおにぎりを作るぐらいなら楽勝です。あと、卵焼きとウインナーと……んー、唐揚げとか」

『やった、めちゃめちゃ嬉しいよ。手作りの唐揚げなんてここ最近ぜんっぜん食べてない』

「じゃ、持っていきます。シャケのおにぎりは大きめに握りますね」

『ありがとう。期待して待ってる。あーあ、そのお弁当を持ったままどこかにピクニックでも行きたいよね』

「ですね。でも俺、誠さんたちの仕事場がどんなものか、興味あります」

『ほんとうはいまからきみんちに押しかけて、襲いたいところだけど』

低い声に、どきりとなる。

——まるで、沖縄の夜みたいだ。俺に深く触れてきたときの誠さんの声、いまでも忘れられない。

『と言っても、抜け駆けは禁止って怜と約束したから、渋々我慢かな』

「……ですね」

テレビ画面を切り換えると、ちょうど天気予報をやっていた。七月半ばの火曜日は晴れ。予想気温も三十二度と、だいぶ暑くなるらしい。具材が傷まないように、今夜は下拵《したごしら》えだけして、明日、早起きして仕上げたほうがいいだろう。

「じゃあ、……」

また明日、と言いかける一郁を遮って、怜が言う。

『ねえ、おやすみのキスは？』

「え？　……な、なに突然」

『だから、電話越しにおやすみのキス。してくれなかったら、明日スタジオでいけないことしちゃうよ』

「おやすみの、キスって……そんなことしたことがなくて……」

顔を真っ赤にして答えると、電話口で、ちゅっ、と可愛い音が聞こえてきた。まるで、誠にキスされているみたいで、なんだか照れる。

『ほら、きみも』

「ん、……ん、じゃあ、一度だけ……」

ちゅ、と音を立ててみると、ますます顔が熱くなった。

『サンキュ。ちゃんと届いたよ、一郁の愛情。明日、会えるのを楽しみに待ってる』

「はい。誠さんも、気をつけて帰ってくださいね」

『うん、おやすみ』

「おやすみなさい」

温かい気持ちで電話を切り、急いでアイロンのスイッチを落として立ち上がった。スーパーマーケットに走って行って、明日の用意をしなければ。

誰かに弁当を作るというのもそうないことだから、わくわくする。

「喜んでもらえるよう、頑張ろう」

財布を握って、一郁は軽い足取りで部屋を駆け出た。


「いいね、怜くんのその顔。もう少し上向き加減で……そうそう、いいよ」

上機嫌なカメラマンの声が天井の高いスタジオ中に響き渡る。灰色のロールの前で、ムートンのコートに身を包んだ怜がカメラに冷ややかな目を向けながら、顔を上向ける。

「いいねえ、今日の怜くんのってるじゃない。なんかいいことあった？　とうとう恋人ができちゃったとか」

「さあ、どうなんでしょう。内緒です」

くちびるの前に人差し指を立てて笑う怜は、男の自分から見ても強烈な色気がある。撮影のために、少しメイクを施しているせいか。きりっとした目元は涼やかで、くちびるも濡れて妖《あや》しく光っている。

「どう、今日の怜」

撮影に集中するスタッフから離れたところで見守っていた一郁の隣に、ガウン姿の誠がやってきた。ついさっきまで、彼がカメラの前に立ち、男っぽい姿を撮られていたのだ。

「あ、……お疲れ様です！　なんかもう、おふたりともすごすぎて……見入ってしまいました。誠さんのレザージャケット姿、すごく格好よかったです」

「ホント？　きみにそう言ってもらえると嬉しいな。素肌にレザーって結構暑いんだよ。撮影中は汗をびしっと止めておくけど、脱いだとたんにどっと噴き出す感じ」

「へえ、汗って止められるものなんですか？」

「ん、撮影やショーのときは、意識して止める。そうでないとせっかくの衣装が肌に貼《は》りついたり、濡れたりして台無しにしてしまうからね。プロのモデルならできて当然の技」

そう言って笑う誠の胸元はうっすらと汗をかいていて、やけにセクシーだ。撮影が無事終わって、ひと息ついたせいだろう。

無意識に逞しい胸を見つめてしまいそうで、慌てて怜のほうを見た。

「顔は似ていても、まとう服は全然違うんですね」

「そこが、個性かな。たぶん俺がムートンのコートを着ても、あんなふうには様にならない。怜の気品さは真似《まね》できないっていうか」

「誠さんはワイルドでしたよ。確かに、怜さんがレザーのジャケットを羽織っても、ちょっと違うのかもしれませんね」

「俺たちは双子だからさ、互いに意識すれば誰にも見分けられないぐらいそっくりになれる。

でも……それで、いいことはないからね」

どことなく掠れた声の誠を見上げた。微笑んでいるけれど、その声音はどこか切ない。

「俺たちがふたりで同じ仕事をしていると、かならず言われる言葉がある」

「どんな言葉ですか」

「どうして、顔がそっくりなのに同じ仕事してるのか、って。……昔はね、親ですら見分けることができなかったんだよ。怜の泣きぼくろがはっきりしたのは、小学生ぐらいの頃だから。幼い頃はお互い入れ替わって周りを驚かせるのが楽しかった。でも、いつからかな……よく似た怜のほうが、自分よりずっと勝っているように思えた。顔も声も、仕草だって考え方だって似ているのに、いつも怜に一歩後れを取っている気がしたんだ」

「誠さん……」

明るい声に寂しさがひそんでいるのを聞き取って、一郁は隣の男を見上げた。モデルというだけあって、誠も怜も、百八十五センチ近くある。だけど、そう威圧感を覚えないのは、誠らしい朗らかな笑顔のおかげだろう。

「だから、張り合ったんだ。俺、こう見えても負けず嫌いだからね。ずっと一緒に過ごしてきた怜には絶対負けたくないって思った。もっと多くのひとの目に触れて、俺を認めてほしい……そう思って、あるとき、雑誌のモデルのオーディションに応募したんだ。中学生の頃、かな？　そしたら、偶然怜も同じ雑誌のオーディションに応募していて、会場でばったり会って驚いた。お互い、内緒にしていたからさ」

「それは驚きます。おふたりとも、合格したんですよね？」

「まあね。俺は直前までちょっと自信なかったけど、もうここまで来たら思いきりやろうと思って。聞かれたこと全部に無駄に熱く答えたら、『いまどきめずらしいひたむきさだ』って審査委員長だった編集長に買われて合格。逆に、怜は、質問に的確に答えて合格したみたいだよ」

「そうやって切磋琢磨してきたからこそ、いま、こんなに素敵な現場があるんですね。すごいです。誠さん、憧れます」

「俺としては、『誠さんがいちばんいい』って耳元で囁いてほしいんだけど？」

くすりと蠱惑《こわく》的な笑い声とともに囁かれ、身体が熱くなる。

「はい、オッケー！　怜くんお疲れ様！　一旦休憩しよう」

カメラマンの明るい声に、はっと我に返った。怜が軽く頭を下げながら、こちらに歩いてくるところだ。

「お疲れ、怜。相変わらず決まってるよなぁ。俺がそんなコートを着たら、迫力負けする」

「誠ほどレザージャケットを粋に着こなす男はほかに知りませんよ」

ふたりは笑い合って拳《こぶし》をぶつけている。それに見とれていた一郁に、怜がほっとしたような笑顔を向けてきた。

「あなたがずっと見守っていてくれたおかげで、気合いが入りましたよ。意中のひとがいる前で、格好悪いところは見せられませんからね。……でも、途中から誠が急接近して気が気じゃなかった」

「俺と一郁がどんなことを話してたか、気になるだろ」

誠にぐっと肩を抱き寄せられ、一郁は顔を赤くした。

「あ、あの、撮影が一段落したんなら、その……お弁当、食べませんか？　持ってきたので」

「うわ、マジで作ってくれたんだ！　感動。さっそく食べよう」

「では、私は一旦着替えてきます。そこのテーブルと椅子を借りましょう」

スタジオが広いので、撮影を待つモデルがあちこちのテーブルに点在していて、談笑している。そのひとつを陣取り、一郁は持ってきたトートバッグを開いた。

「おにぎり、少し多めに握ってきました。足りなくなるよりは、余ってもいいようにと思って。それと、卵焼きにウインナー、リクエストの唐揚げも。こっちはポテトサラダ」

タッパーをひとつずつテーブルに出すたび、誠が顔を輝かせる。

「おにぎり、迷ったんですけど、海苔《のり》は後巻きにしました。大丈夫ですか？」

「もうぜんっぜん大丈夫、ね、ね、食べてもいい？」

「どうぞどうぞ」

一郁も椅子に腰掛けると、隣で誠がアルミホイルを剝いて大きめのおにぎりにかぶりつく。

「んー、旨い！　あ、俺の好きなシャケだ。ん、ん、ホント美味しいよ」

威勢よく平らげてくれる姿にほっとした。

「他人が握ったおにぎりを食べられないひともいるから、ちょっと不安だったんですけど、美味しいならよかったです」

「赤の他人のおにぎりなら確かに少し構えるけど、俺ときみは他人じゃないだろ？　……いろいろ、秘密のこともしてるし」

不意に囁かれて、鼓動が跳ねる。「もう」と照れ笑いして誠を肘でつついた。

「ウインナーもいただきます。ふふっ、可愛い。タコさんウインナーだ」

「赤いウインナー、久しぶりに買いました。やっぱりタコさんウインナーは赤かなと思って」

「だよね。で、待望の唐揚げはー……？」

からっと仕上げた唐揚げに誠が手を伸ばそうとしたとき、ガウン姿の怜が控え室から姿を現した。テーブルに広げられた弁当を見て、微笑んでいる。

「いつもだったら仕出しの弁当ですませているから、お手製はすごく嬉しいです。これだけ用意するのは大変だったでしょう」

「いいえ、わりと簡単なメニューだったから、それほど。あ、怜さんにはおかかのおにぎりです。どうぞ」

「ありがととう。私の好みは、誠から聞いたんですか？」

「はい。おにぎりがあまり湿らないよう、ちょっとさっぱりめのおかかに仕立てました。お口に合うといいんですが」

怜は丁寧にホイルを剝いて、おにぎりに囓《かじ》りつく。

「……どう、ですか？」

「美味しいに決まってるよ。ね、怜？」

誠と一郁の視線を受けて、怜はちいさく笑う。

「合格、です。こんな美味しいおにぎりを食べたのは初めてだ」

「おおー。食事にはうるさい怜がそこまで言うのってめずらしい。でも、ホント美味しいよ。愛情がギュッと詰まってる」

誠が二個目のおにぎりを食べ始める。大きめに作ったのだが、正解だったようだ。ふたりとも腹が減っていたらしい。あっという間に平らげていく。

「俺は見ているだけでしたが、モデルさんって結構体力勝負なんですね。ライトもまぶしそうだし、いろんな表情を創り続けるって、想像していたよりずっと大変そうでした」

「ワンカットワンカットが勝負ですから。いちばんいい自分を撮ってもらえるなら、どんな努力も惜しみません」

「怜はストイックだよなぁ。週に三回はジムに通って身体を絞ってるし、食べ物にも気をつけてるし」

「あ……そう、ですよね。モデルさんは髪や肌にも気を遣いますよね。今日みたいなお弁当、大丈夫でしたか？　一応、ポテトサラダもあります」

「大丈夫ですよ。これでも、カロリー計算はできるほうです。だけど、あまり厳しくしすぎてもストレスが溜まりますからね。たまにコーヒーを飲みながらチョコレートをつまむこともあります」

怜がそう言うと、隣で誠が苦笑いしながら頭を搔《か》いている。

「俺はカロリー計算が苦手なんだよね。ジャンクフードも大好きで、たまにラーメンの大盛りとチャーハンとかぺろっと食べちゃうよ。それで、あとで体重計に載って、青ざめたりして」

「でも、こうした撮影に合わせてあなたの体重はちょうどいいところに収まるんですよね。無意識にコントロールできることは羨ましいですよ。一郁さんは？　なにが好きですか。以前、沖縄で会ったとき、スイーツが好きだと言ってましたが」

「え、っと、俺は……そうですね。わりと辛い料理もいけるので、青唐辛子の入ったカレーなんか大好きです。タイ料理とか。香味野菜も好きなんですよね。ひと癖ある料理が好きかな」

「じゃ、今度は俺たちの家に来てカレーを作ってよ。もう、飛び上がるほど激辛のやつ」

「いいですね。もし、おふたりのお邪魔にならなければ」

和気藹々《わきあいあい》とした雰囲気で弁当を食べ終え、タッパーを片づけているところに、「怜、誠」と声がかかった。

振り向くと、ダークグレイのスーツを隙なく着こなした男が立っていた。理知的な眼鏡《めがね》越しに、冷たい視線を一郁に向けてくる。

「このひとは？」

「あ、元成《もとなり》さん、どこ行ってたの？　俺たち、もう昼飯すませちゃった」

「編集の方と今後のスケジュールについて打ち合わせがあったから、ちょっと離れていたんだ。怜、誠、事務所が出している弁当を食べたんじゃなかったのか」

「あとで食べるよ。それと、元成さんにも紹介するね。彼は、澤野一郁くん。最近知り合ったんだけど、俺たちすっごく気が合うんだよ。ね、一郁。こちらは、俺たちのマネージャーの元成章《あきら》さん」

「は、初めまして、澤野と申します」

立ち上がって深々と頭を下げる一郁に元成と呼ばれた男は冷徹な顔を崩さない。

「カロリーをきちんと計算した弁当を出しているんだから、そっちを食べろ。誠、いくら体重を調整できるからといって、食べすぎはよくないぞ」

「はーい」

厳しい声の元成に誠は慣れているようで、めげない。

眼鏡を押し上げ、元成は一郁をじろりと睨《ね》めつけてきた。怜たちより、ずっと年上に見える。大人の男だ。

「きみ、学生かな?」

「はい、M大の四年生です」

「M大か……まあ、身元は保証できるんだろうが、伊達兄弟は海外進出を控えた大事な時期にあるんだ。あまり干渉しないでくれるか」

「元成さん、そんな言い方しなくても」

きつい言葉に青ざめていると、誠が庇《かば》うように前に立ち塞がる。

「元成さん、彼はただ好意で弁当を作ってくれただけですよ。私たちがお願いしたんです」

「怜まで巻き込まれているのか。きみは冷静な視点が武器だろう。カメラの前を離れたからと言って、調子に乗るな」

「わかりました。以後、気をつけます」

「誠もだ。きみはノリのよさが売りだが、プライベートまでそうだと困る。自分が置かれている立場を考えろ。きみたちはまだまだこれからいくつものステップを上るんだ。こんなところで気を抜いている場合じゃないだろう」

「申し訳ありません」

感情を面に出さず、怜や誠が頭を下げているのを見ていたらたまらなくなってきた。

――彼らに迷惑をかけるつもりじゃなかったのに。

「あの、……俺、これで失礼します。今日はありがとうございました。勉強になりました」

言うだけ言って満足したらしい元成は早くも背中を向けている。挨拶も不要ということだろう。

荷物をまとめてその場を立ち去り、薄暗い通路を歩いていると、うしろから、「待って！」と声が追いかけてくる。

誠だ。

「待って、一郁。さっきはごめん。元成さんのこと、あまり気にしないで。すごく厳しいけど、いいマネージャーなんだ。俺たちのことをいちばんに考えてくれてる。……でも、きみにいやな思いをさせてしまったかもしれないね。これに懲りず、また来てくれる？」

「……はい、俺こそ、誠さんたちの言葉に甘えてお邪魔してしまったけど、もし、また機会があるなら」

誠がにこりと笑いかけてくれるだけで、胸のしこりが少しばかり溶けていく。

誠が近づいてきて、一郁の頤《おとがい》をつまみ上げてきた。

「今日のお弁当、とても美味しかったよ。今度は、きみ自身がほしいんだけど」

「う……」

急な接近にとまどう一郁が可笑しかったのか、誠はくすくす笑う。そして、ゆっくりと顔を近づけてきた。

「……ん、……っ……」

抱き締められて甘くくちづけられ、言葉も出ない。誠のキスは抗いを封じ込めるようにやさしい。何度も軽くくちびるを押しつけられるのが、気持ちいい。

「ん、ん、……ぁ……誠さん、だめ、ですよ……撮影、まだ、あるのに……マネージャーさんに怒られてしまいます」

「俺のぶんはもう終わった」

そう言って誠はなおもくちびるを重ねてきて、するっと舌をすべり込ませてきた。

沖縄のクラブで味わったのと同じ、熱っぽいキスに火がつき、もじもじしてしまう。舌を搦《から》め捕《と》られて少しきつめに吸われ、ぬるんだ唾液を交換するだけで身体の芯《しん》が熱くなる。

「誠さん……」

「可愛い、一郁……もう、熱くなってるんだ」

身体を擦りつけられて、硬くなっている場所を知られると恥ずかしくてたまらない。

「っは……ぁ……」

快感で潤んだ目で誠を見上げた。

「ずるいです、……こんなこと、されたら……俺……」

「我慢できなくなっちゃう？　じゃ、きみを食べちゃおっかなぁ……」

「え……」

いたずらっぽく笑った誠が、髪を引っ張ってくる。

「ね、このままふたりでホテルに行かない？」

「で、でも、……元成さんは？　怜さんだっているのに」

「元成さんにはうまく取りなしてくる。怜にはたぶんバレちゃうけど、たまには抜け駆けしたい。だめ？」

目をのぞき込んで誘わないでほしい。蠱惑的な声が全身に滲み込んで、逃げられない。

自分だって、誠には惹かれている。怜を抜きにして抱き合ったらどうなるのかわからないが、誠の情熱を感じてみたい。

無言でこくりと頷くと、誠が額にちゅっとくちづけてきて、「待ってて、すぐ着替えて戻ってくるから」と言い残し、足早に去った。

誠が戻ってくるまでの間、胸を昂ぶらせながら通路の片隅で待っていた。撮影現場の喧噪《けんそう》が遠くから聞こえてくる。なんとはなしに高い天井を見上げながら、――ほんとうに誠さんに抱かれるんだろうかと思い耽った。

――どこまでするんだろう。沖縄のクラブでしたときみたいなものだろうか？　それとも、もっと深いところまで探ってくるんだろうか。

男同士の性行為がどんなものか、ぼんやりとは知っているけれど、実際に受ける衝撃はなかなか想像できない。だけど、誠は痛い思いをさせない——そんなふうに思える。

「お待たせ、一郁」

青のポロシャツとジーンズ姿の誠が走って戻ってくる。キャップを深めにかぶっているところが、いかにもモデルらしい。

「俺の知っているホテルでいい？」

「はい」

緊張で声が上擦る一郁の肩をやさしく抱き寄せ、「リラックスして」と誠が微笑む。

「最初に約束しておくけど、俺はきみのいやがることは絶対にしない。もし、俺が触っていやな感じがしたらすぐに言って。ちゃんときみを家まで送り届けるから」

「……やさしいんですね。誠さん。女性にもめちゃくちゃもてそうです」

「こういう仕事をしてるとありがたいことにいろいろお誘いがかかるけど、俺はほんとうに好きなひととしかセックスはしたくない。簡単にやり取りできる快感には興味がないんだ」

さらりと大胆なことを言ってのける誠から、目が離せない。

ふたりでスタジオを出て、タクシーを停めた。

「飯倉片町《いいぐらかたまち》の交差点まで」

「かしこまりました」

誠が言い、タクシーが走り出す。

スタジオから飯倉片町までは二十分ほどかかった。その間ずっと胸がどきどきし、落ち着かない。たぶん、そんな心境も誠はわかっているのだろう。安心させるように手を摑んできた。

飯倉片町の交差点で車を降り、ふたりで肩を寄せ合いながら歩く。

一見、普通の白いビルの前で立ち止まり、誠が、「いい？」と訊ねてきた。

「いやじゃない？」

「――いやじゃ、ないです」

覚悟を決めて、頷いた。

チェックインは誠に任せた。

「五階の奥の部屋を取った。行こう」

一緒にエレベーターに乗っている間も、言葉がうまく出てこない。ただ、繋いだ手から伝わる温《ぬく》もりは信じられる。

五階の奥まった部屋に入るなり、誠が強く抱き締めてきた。

「やっとふたりきりだ……ねえ、俺がどれだけ発情してるか、わかる？」

「ん、っ、ぁ……誠さん……っ、なんで、そんなに……」

「きみのせい、だよ」

硬く盛り上がった下肢を押しつけられて、一気にのぼせてしまう。いやでも沖縄の夜を思い出し、ふらつく身体で誠にすがりついた。

「俺……どうなるんですか」

「どうなりたい？　俺としては、きみと一緒にあちこち触りっこして気持ちよくなりたい。一郁のエッチな声、いまでも忘れられないんだ。沖縄でしたこと、覚えてる？」

「忘れられるわけ……ありません」

「俺も。俺も怜もモデルという仕事上、それなりに声をかけられることがあるけど、あまり遊んだことがないんだ。もともと、イージーなセックスには興味がないからね。でも、出会いがほしくて、沖縄ではちょっと冒険することにしたんだ。そして、きみと出会った」

一郁を壁に押しつけて、誠が顔中にキスを降らせてくる。

「あれはもう、運命だよ」

「俺も……なにか思い出がほしくて、あのクラブに行ったんです。まさかあんなことが起きるとは思ってなかったけど、誠さんたちのこと、全然忘れられなくて」

「だから、あの晩の続きをしよう。俺がきみのすべてを受け止めてあげる。どんなに乱れてもいいよ。いちばんエッチな一郁を俺にちょうだい」

「つん……」

くちづけられて、声は出せなかったけれども、何度も頷いた。

ちょっと強引なキスが誠らしい。舌を淫猥に擦り合わせて温かな唾液を交換し、こくりと喉を鳴らして飲み込むと、髪をやさしく撫でられた。

「どうする？　一緒にシャワーを浴びる？　それともべつべつ？」

「う……」

「俺はどっちでも構わないけど。このままきみに食らいつきたいぐらいだけど」

「……まだ恥ずかしいから、ひとりでもいいですか？」

「いいよ。と言っても、もっと恥ずかしいことをするつもりなんだけどね、俺は」

誠にうながされ、一郁はバスルームにひとりで入った。

そこで、気づいた。

洗面台にある大きな鏡に映る、欲情した自分に。目元は潤み、濡れたくちびるは半開きだ。ついさっきまで誠の舌で愛撫されていただけに、口の中がひどく敏感になっている。

――誠さんと俺、どうなってしまうんだろう。出会ってまだ日が浅いのに、会うたび、彼に惹かれてしまっている。もし……最後までしたら、そのことを怜さんに黙っていられるだろうか。

もやもやしながらシャワーを浴び、泡立てたスポンジで身体中を綺麗にした。この身体のどこに誠が触れてきてもいいようにと、ぼうっとする意識でスポンジで擦る。

——どこを、どんなふうに触ってくるんだろう?

バスルームを出たら、今度は誠がシャワーを浴びるばんだ。誠が笑いながら、髪を軽くかき混ぜてから、バスルームへと入っていく。

ザアッと水が流れる音に、心臓が跳ねる。

備えつけの薄手のガウンを着てベッドの端に座り、落ち着きなく室内をきょろきょろと見回した。

ダブルベッドの脇にはちいさなテーブルとソファがあり、テレビも置かれている。テーブルには、飲みかけのミネラルウォーターのボトルがあった。どうやら、誠が飲んでいたらしい。

ちょっと一口わけてもらおうとボトルのキャップをひねった。思っていたよりも喉が渇いていたようで、ごくごくと飲んでしまう。

「……っはぁ……」

渇きがおさまったら、少しほっとした。

ビジネスホテルと言えばそうも見えるような、シンプルな室内だ。なにげなくテーブルにあったリモコンを取り、テレビをつけた。

突然、「あ……」と悩ましい声が響いて、びくっと身体がふるえた。

大きめのテレビに、艶めかしい肌色を見せた男が映っている。それも、ふたり。男と男が絡み合い、「あ、あ」と喘ぎを発していた。

「な、……っ」

慌てて番組を切り換えた。だけど、次の画面では、もっと衝撃的な構図が待っていた。

四つん這いにさせられた若い男がうしろから貫かれ、前にいるもうひとりの男のペニスを懸命にしゃぶっている。映像にモザイクは一切かけられておらず、雄を受け入れて卑猥にひくつくアナルや、くちびるで咥え込むペニスの筋まではっきりと映っている。

じゅぽっ、じゅるっ、と啜り込む音に身体中が汗ばむ。せっかく、シャワーを浴びたばかりなのに。

やはりここはビジネスホテルではない。しかも、どうやら、男同士が愛し合うための場所のようだ。

「あー、気持ちよかった。一郁、なに観てるの？」

「あ、あの、これは、……間違えて、つけてしまって」

「ふうん……」

隣にぽすんと座る誠はなにやら可笑しそうだ。

「すごいよ、ここ。こんな映像を流していて、よく捕まらないよね」

「そ、う、ですね……」

「……一郁、もしかしてエロビデオもあまり見たことがない？　きみ、男との経験はゼロだと言っていたよね」

「はい。そんなにわかりやすいですか？」

「最初に触ったとき、少し怖がっていた。でも、一度感じたら火が点《つ》いてしまう素直な身体をしていたよね。男とのセックスに慣れていたら、もっとすれた態度を見せていたと思う」

「……、っ……そういう誠さんは、たくさんのひとと経験していそうです」

「さっきも言ったけど、俺は簡単な快感はいらない。確かに未経験じゃないけど……どう言えば伝わるかな。俺、こう見えて結構しつこいし、ねちっこくて、もしかしたらウザイと思われるぐらいの恋愛とセックスがしたいんだ。でも、遊びの相手にそこまで求められない。

——本気じゃなきゃ」

言うなり、誠が一郁の両手を摑んでベッドに押し倒してきた。ボディシャンプーの爽やかな香りに混ざって、彼だけの体香が鼻孔をくすぐる。

「あ……っ」

「きみは？　俺とのこと、遊びだと思ってる？　俺をセフレみたいなものだと思ってる？」

「そんな——ことは……ない、けれど、まだ……わからない部分があって」

「わからない部分？」

「こんなに早く、誰かと身体を重ねるのは初めてだからどうしていいかわからなくて……俺、あなたに惹かれてると思うけど、最初からはしたなくしたら、きっと飽きられてしまいそうだし……」

「そんな寂しいこと言わないで。出会いはどうあれ、俺はいま、きみに夢中だよ。……ね、ガウン、脱がしてもいい？　一郁の身体が見たい」

「……っん……」

かすかに頷くと、誠の手がガウンの紐《ひも》にかかる。衣擦れの音が耳に響いた。誠がゆっくりとガウンを開き、ごくりと息を呑む。

「……一郁の裸、すごく綺麗だ。俺、ずっと見たかったんだ」

「そんな……たいしたものじゃないのに」

そう言ったのに、誠の熱っぽい視線で首筋から胸元を炙《あぶ》られていく。

「……見ないでください。恥ずかしい、です」

「だめだよ。一郁の裸を見て、俺、興奮してるんだから」

「う……ぁ、ン——あぁ……っ……胸、弄《いじ》ったら……っ」

鎖骨をちろちろと舐められ、身体の力が抜けてしまう。

「一郁のおっぱい、やっぱり可愛い……まだ弄ってないのに、こんなに硬く尖っちゃってるよ」

「あ、ッ……！」

誠の言うとおりだった。まだ触られてもいないうちから肉芽がツキンと根元からそそり勃《た》ち、ちいさいながらもそこが快感の印なのだと主張していた。

信じがたいことだけれど、自分でも意識していなかったそこが、誠の執拗な愛撫によって快楽を生み出す場所となっていく。

「ふふっ、……両方とも真っ赤になってる。ね、吸ってほしい？　それとも噛んでほしい？」

左右の乳首をいやらしくねじりながら言わないでほしい。たまに先端をきつく括《くび》り出されて、ちゅうっと吸われると、声だけじゃなく、蜜までも漏らしてしまいそうだ。

「ほら、一郁、言ってごらん。俺だけに教えて？　きみがしてほしいこと」

「う、……う、……っ」

意地悪く囁かれ、腰がよじれる。そこはまだガウンで覆われていたけれど、硬くなっていることはとっくにバレているだろう。

「まこ、とさ……ん」

「なに？　どうしてほしい？」

「……ん、す、吸って、……ください、胸……」

「正しくは、俺のおっぱいを吸って、だよ、一郁。言えたら、いっぱい吸ってあげる」

「ん……っ」

正確に言えるまで、愛撫はお預けのようだ。

シーツを乱しながら一郁は熱くなる一方の身体をくねらせた。

――言うしかない。

「……吸って、……俺、の、……おっぱい、吸って……っ」

「よく言えました」

ちゅくちゅくと甘く吸われたうえにずるく嚙まれ、もう我慢できなかった。

「ん、――っぁ、……あぁっ、あっ、いい……っ」

「おっぱいでこんなに感じちゃうんだぁ……一郁は想像以上にエッチだね。そんなところが大好きなんだけど。……あ、一郁ったら、下着穿《は》いてないの？」

ガウンを割って入り込んでくる手に秘密をバラされ、顔中が熱い。

黙っていることもできたが、乳首への愛撫が強くなり、正直に打ち明けることを求められているようだった。

「だ、だって……きっと、すぐあなたが触ると思った、から……」

「そっか、俺に触られることを想像して穿かなかったんだ。ホント、かーわいい……これだったらもう少し放っておいて、きみのオナニーを見せてもらえばよかったな」

「や、だ、……そんな意地悪、言わないでください……」

「わかってる。ごめん、ちょっと揺らしてみただけ。それより、なに？　このヌレヌレになってるここ。一郁の先っぽから汁がこぼれて、俺の指を濡らしてるんだけど」

「あっ……ご、ごめんなさい」

反射的に謝ると、誠はくすっと笑った。

「謝ることじゃないよ。感じやすいことがわかって嬉しいぐらい。乳首を舐めながら扱《しご》いてあげるから、きみのいい声を聞かせて」

「ン――……っぁっ、あ、あ、っや、だめ……だめっ……」

硬く反り返るペニスをやさしく扱かれながら、乳首を舐めしゃぶられる快楽に、どうしようもなく堕《お》ちていく。

巧みに啜り込まれて、達してしまいそうだ。

「あっ、ん、んっぁ……ぁ……あぁ……っだめ、です、誠さん、俺――俺……っ」

「いってもいいよ。俺の口に出して……ほら」

「だけど、……あ、あ、……あ……！」

誠が身体をずらしてペニスを頬張る。蜜口を抉る舌先がたまらない。沖縄の淫靡な夜を思い出して、一郁は思わず誠の髪を強く摑んだ。

「や、や、……い、く……っ……！」

「ん……っ」

強く吸いついてくる誠の口の中で、強く弾《はじ》けさせてしまった。

「はぁ……っはぁ、……ぁ……ん――……は……」

「っん、ん……たくさん、出したね。まだ、出そう……」

「あ……」

射精し続けるペニスを愛おしそうに舐る誠にどうしていいかわからなかったが、髪に触れ、頬のラインを指先で辿《たど》り、——ほんとうにこのひとに抱かれているんだ、と胸を熱くした。

一郁の精液を飲み尽くした誠が顔を近づけてきて、笑顔で囁く。

「濃くて美味しかった。きみの、癖になりそう」

「う……、俺ばかり、感じさせられて……なんか恥ずかしいです」

「そんなふうに思わないで。俺がきみを感じさせたくてしてることなんだから」

「でも——でも、俺だって……あなたのこと……感じさせたい、です」

意を決して言うと、誠は目を丸くする。そして笑った。

「ほんとう？　俺の、舐めちゃう？　……この口に挿《い》れさせて、俺、めちゃくちゃに腰動かしちゃおうかなぁ……。当たってるだけでわかると思うけど、俺さ、結構大きいから、奥まで咥え込むのは難しいかも。でも、少し苦しそうな顔をして俺のを咥えるきみも見てみたいな」

男らしい顔で淫猥なことを囁かれると威力がある。

「でも、それはまた今度。今日は徹底的に一郁を感じさせて、ひとつになりたい」

「ひとつに、……」

「そう、きみのここに、俺を挿れさせて」

長い指が窮屈な窄《すぼ》まりをそっと撫でる。指の感触に、ひくんと喉が締まった。

浅い知識とはいえ、男同士でセックスをするならそこを使うのだと知っていた。だが、いざ自分の身体で、となると、やはり緊張する。

一郁が顔を硬くしたのがわかったのだろう。誠は柔らかに笑い、くちづけてきた。

「怖いことは絶対にしないと約束する、俺は、きみと気持ちよくなりたいだけなんだ。俺のことを信じて、身体を預けてくれる?」

誠の目を見つめた。そこに、偽りや嘲《あざけ》りは一切ない。

「……あなたになら……俺を、あげます。好きにして構いません」

「こら、そんな可愛いことを言ったら歯止めが利かなくなるぞ。……じゃあ、まずはここをとろとろにしてあげる」

「……っん……ぁ、……っ誠、さん……!」

誠が一郁の両足を大きく開き、顔を埋めてくる。

まさかとは思ったが、熱い舌が窄まりを探ってきたことで、羞恥心が爆《は》ぜてしまいそうだ。

「あ……あ……」

濡れた舌が、ぬるりと這い回る。くちゅくちゅっというひそやかな音とともに孔《あな》をこじ開けられ、指が一本、挿ってきた。

「ん……っ！」

「もしかして、痛い？」

「痛くは、ない、です……でも、なんか、変な感じ……」

そんなところを他人に触られたことがないから、なにもかも未知の感覚だ。

排泄器官でしかないそこを弄られ、舐められるのは羞恥の極みだが、だんだんと、指が探っている奥のほうから熱くなってくる。

唾液を送り込まれて、中がちゅぷちゅぷと音を立てる。

「ッあ……」

思わず腰を揺らすと、誠が笑い声を上げた。

「気持ちよくなってきちゃった？」

「ん、……ん、……おかしく、なりそ、う……っぁ……や、擦ったら……っ」

火照った粘膜を指でぐしゅぐしゅと擦られて、熱がうねり出す。気持ちいいというよりも、もっと鋭い感覚がそこに宿り、こころのすべてが持っていかれそうだ。

「指、二本、挿った……さっきより柔らかくなったみたいだよ」

「う、っぁ……！」

二本の指が中でばらばらに動き、上の壁を柔らかく引っ掻いていく。そこに触られるだけでびくんと腰が跳ねてしまうほどの強い快感があった。

「ここか。きみの感じるところ……俺のものでうんと擦ってあげる」

「誠さんの、もので……？」

「そう。俺のこれ……もうそろそろ爆発しそう。ねえ、いい？　きみの中に挿ってもいい？

指を挿れてるだけで俺まで感じちゃうよ」

太く猛《たけ》った男根を握らされて、息を呑んだ。とてもじゃないが、こんな大きなものを受け入れられるとは思えない。

だけど、身体は違うみたいだ。芯からうずうずして、もっと強い刺激をほしがっている。

誠は指を抜き、収縮する窄まりに雄を押し当ててくる。

「……ゆっくり、息吐いて。大丈夫、きみにちゃんと合わせるから」

「ん、……はい……、ぁ、あぁ、っ……！」

肺に溜まった息を吐き出したのと同時に、ヌプッと熱い切っ先がめり込んできた。火照る隘路《あいろ》をぐぐっと押し拡《ひろ》げながら、誠が挿ってくる。

「あっ、あっ……んん、ん――んんっ！」

「やっぱ、きついな……でも、ごめん、すごく、いいよ……きみの中、熱くてとろっとろ……俺まで蕩《とろ》けちゃいそうだよ……ねえ、どうやってきゅうって締めてるの？　俺のこと、おかしくする気？」

くすりと笑いながら、誠がじわじわと突き込んでくる間、うまく息継ぎできなかったけれども、懸命に彼の背中にしがみついた。

——大丈夫と言ってくれた。誠さんは、俺を痛い目には遭わせない。

時間をかけて、ようやく誠が全部を収めた。

「挿った……奥に当たってるの、わかる？　俺の全部をきみが包み込んでるんだよ……こんな気持ちいいの、初めてだ」

「ま、ことさん、……だめ、動かない、で……っ」

「どうして？　まだ痛い？」

一郁は必死に頭《かぶり》を振った。

「そう、じゃなくて、……っ……なんか、疼いて、……あ、……あっ、やだ、……俺、声、出ちゃう……っ……」

「俺、きみを気持ちよくさせてるんだよね？」

くちびるが触れ合うほどの距離で問われ、「……ん」と涙目で頷いた。嘘はつけない。誠が手間暇をかけてくれたおかげで痛みはなく、ただもう、どうにかなってしまいそうな熱い疼きに襲われているのだ。

「だったら、もっときみを食べさせて」

「あっ」

窄まりに馴染《なじ》んだ男根がずるぅっと抜け、もう一度深々と挿ってくる。

腰骨をぎっちりと摑んだ誠が、ズクリと刺し貫いてくる。その衝撃で背中が浮き上がるほどだ。爪先から頭のてっぺんまで走り抜ける快感に、声が止まらなくなってしまう。

「んっ、あぁっ、まって、待、っ……っ」

「だーめ、もう待ってあげない。だって一郁のここ、ぐちゅぐちゅって俺のこと締めつけてくるんだもん。ね、俺が初めての男なのかな。きみにこんないやらしいことしちゃうのは俺が初めて？」

「ん、んっ、そう、……っです、誠さんが、最初……っぁ、ぁ、あぁ、おっきぃ、……っ」

「俺の、奥まで懸命に咥え込んでる……可愛くていやらしいよ、一郁。縁のところが赤くなってて卑猥。俺のせい？」

「……っん……っ……まこ、とさんのせい、……っあぁっ、……いい……っ」

激しく貫かれて、自分でもなにを言っているのかわからない。

ぎこちなく腰を振り、誠に合わせた。深い快感が意識を支配し、もっときつく、もっと激しく貫かれることを望んでいる。

誠も息を切らし、力いっぱい突いてきた。獰猛《どうもう》な雄の目をしている誠に魅入られ、さっき達したばかりのペニスが再び頭をもたげる。

「や、や、っもぉ、……強く、したらっ……また、いく……いっちゃう……っ！」

「うん、いいよ、俺にガンガン貫かれながらいってよ……一郁のペニスがびくびくってしなるところ、見たい……ああ、でも俺も、そろそろいきそう、かな……きみの中があんまりにも熱いから我慢できないよ……っく、中に出しちゃいそう……、ほんとうにいいの？」

「いい、っ中、……中に出して、一緒にいきたい……」

切羽詰まった声でせがむと、誠が嬉しそうに笑い、手を摑んでくる。

中に出されるのがどんなことかわからないけれど、誠なら、いい。熱いもので濡らしてほしい。じゅぽっと音を立ててペニスを引き抜かれると、こちらから腰を押しつけてしまいたくなる。

「すごいよ……一郁、ねっとりしてる、……待って、俺、そんなふうにされたらいっちゃうよ、っ、ねえ、一郁、いい？　出して、いい？　きみの中でいってもいい？」

「んっ、ん……誠、さん……っ！」

「あぁっ、いく、いくよ、一郁、一郁……っ！」

一郁が射精したのと同時に、強く腰を打ちつけてきた誠が呻《うめ》きながら、中にどっと熱い精液を放ってきた。

「あっ、あっ……ぁ……はぁ……一郁っ……すごく、よかった……」

「……は……っぁ……はぁ……っ……」

倒れ込んできた誠の背中を抱き締め、その肩口に額を擦りつけた。

「……同性としたのって、初めてだったのに……、こんなに感じてしまって、……中、出し

てとか……俺、どこか、おかしいのかな……」

「ふふっ、そんなことない。俺がたくさん愛したから、一郁はめいっぱい感じてくれた、ただそれだけのことだよ。おかしいなんてことはない。……でも」

「……でも？」

抱き合ったまま訊ねると、ちいさく笑った誠が額にキスしてくる。

「俺以外の男じゃ、ここまで感じないかもよ？　そのことを知るためにほかの男に手を出すっていうのはＮＧだけど」

「……はい」

くすぐったい気持ちで、頷いた。

身体はまだ熱い。さっき、達する寸前に聞いた誠の淫靡な言葉がもう一度聞きたい。

「……誠さん、いくとき、いっぱい喋ってた……あれ、すごくいやらしかった、です」

「うー、それって俺の短所かも。気持ちよくなると、つい思ったことを口にしたくなるんだよね。俺、うるさいでしょ」

「そんなことないです。……すごく、よかったです。誠さんも感じてくれてるんだってわかって、嬉しかった」

「ならよかった。俺も、一郁の喘ぎ声、大好きだよ。掠れた声がたまんない。……もう一度、聞かせてくれる？」

耳たぶを囓られながら囁かれて、いやだと言えるはずがない。

こくりと頷き、キスをねだるように一郁は頤を持ち上げた。

誠とのセックスに怖さはひとつもない——そのこと自体が少し怖かった。初めてのセックスでここまで感じてしまったら、この先、なにかが大きく変わってしまいそうだ。


誠とは、ひそかに会うようになった。

モデルという仕事柄、誠はときおり東京を離れて撮影旅行に出るため、しょっちゅう会えるというのではなかったが、忙しい時間をやりくりして顔を合わせると、ひどく嬉しそうな顔をして一郁に抱きついてきた。

たいてい、誠が押さえたシティホテルで待ち合わせをしていた。先に一郁が来て、あとからキャップとサングラスをつけた誠が部屋に入ってくるという算段だ。

会えなかった間の出来事を話し、一緒に風呂《ふろ》に入り、火照った肌のまま抱き合う。

誠はなにをするのでも一郁を優先してくれた。少しでも一郁が疲れていたり、体調が不安定であれば、無理にセックスをせず、隣り合って眠ることで満たされるようだった。

もちろん、一郁がほしがれば、それ以上のものをくれる。快感を覚えたての一郁は誠とのセックスがいつも新鮮で、自分でも恥ずかしくなるほど求めてしまう。

もう、誠がいない日々など考えられない。

初めて抱き合った日から一か月も経った頃、一郁はそんなふうに思うようになっていた。もっと誠のそばにいたい。誠のことだけを考えていたい。

だけど、相手は人気モデルだ。電話で話す暇もなかなかなくて、一郁は焦《じ》れていた。

とはいえ、自分だって男だ。誠より年下だが、一方的に焦れて待つというのでは情けない。次に会ったとき、少しでも彼の目を惹きつけられるように、毎日を精一杯こなしたい。そう思って、就活に励んだあとは表参道のセレクトショップでのバイトに勤しんだ。

一郁自身、お洒落にはあまり興味がなかったのだが、友人の岩見に、「時給のいいバイトがあるんだ。おまえ、どうだ？」と勧められたのがきっかけだ。

メンズとレディース、両方の品を扱う店は地下鉄の表参道駅から歩いて五分のところにある。

八月の頭、早くも秋物が入荷し始め、一郁もバイト中は長袖のシャツを着るようにしていた。

「一郁くん、そこの整理が終わったら、こっちのシャツとニットセーター、表のウィンドーに出してもらっていいかな。このパンツと組み合わせて。あ、ついでにストールもうまいこと巻きつけておいて」

「わかりました」

三十代の店長に命じられ、一郁は頷く。いろいろとバイトをしてきたが、流行の移り変わりがわかるファッションの分野も結構楽しい。一郁は普段、あまりファッションでは冒険しない。だが、その堅実なところがかえっていいと店長が気に入ってくれたことで、採用となったのだ。

最初の頃は、どのアイテムをどう組み合わせればいいか迷ったものだが、一年近くバイトをしたいまでは、ずいぶんと慣れてきた。この秋はやると言われている深いボルドーのシャツに薄手のベージュのニット、それとチャコールグレイのパンツをトルソーに着せ、ストールをどう巻きつければいいか考え込んでいたときだった。

店の扉が開き、ひとりの客が入ってきた。

「いらっしゃいませ……、あ、誠さん、……じゃなくて、怜、さん……？」

「やっぱり、目元でわかりますか？」

くすりと笑うのは、誠の兄、怜だ。今日はサングラスではなく、メタルフレームの眼鏡をかけている。たぶん度は入っていないのだろうが、眼鏡は怜の理知的な相貌を際立たせるのにひと役買っている。

「スタジオにお弁当を持ってきてくれて以来、ですね。あなたに会うのは」

「ええ。ちょっとだけお久しぶりです。誠さんとはたまに会ってたんですけど」

ちょくちょく会っていた、そしてそのたび抱き合っていたという事実はさすがに明かせないので、口ごもった。

「俺がここでバイトしてるって言いましたっけ」

「いいえ。言ってませんよ」

「あ、じゃあもしかして……俺のあとをつけたとか？」

冗談のつもりで言ったのに、怜は微笑み、「ええ」と頷く。

「今日、学校を出るあなたのあとをずっと追ってきたんです」

「な、なんでそんなこと……途中で声かけてくれればよかったのに。俺、聞かれたら答えましたよ」

「私は、秘密を知ったり、作ったりするのが好きなんです」

「秘密……？」

「そう、秘密です。誰にも言えないことって、どきどきするでしょう？」

そう言ってちいさく笑う怜は、嘘偽りなくまっすぐぶつかってくる誠とは正反対の性格のようだ。まるで、遠くから虎視眈々《こしたんたん》と獲物を狙う狼《おおかみ》みたいだ。

どう答えようかとまごついていると、怜はさっきまで一郁がトルソーに着せていたシャツやスラックスを見て、「いい色ですね」と言う。

「秋物ですか？　シャツのボルドーがとても綺麗だ」

「ですよね。そこにこのストールをどう巻こうかなと考えていたんです」

「なるほど……では、肩にさらりと羽織らせるといいかもしれません。男性にも、こういう粋な着こなしがもっと受け入れられるといいのですが」

言いながら怜が慣れた仕草でストールをトルソーに羽織らせる。さすがはモデルだ。日々、多くのファッションアイテムに触っているだけあって、手慣れている。

「このシャツ、ほんとうにいい色ですね。今年はまだ秋物を買っていなかったから、これを買います」

「えっ、いいんですか？　……あ、じゃあ、もう一枚あるので、お好きなほうを選んでください。色味に違いはないと思うんですが、若干、肌触りが違うかもしれないので。試着はしなくて大丈夫ですか？」

「たいていのものは無理なく着られますが」

思案する怜が、きらりと目を光らせ、一郁を見つめてくる。

「試着、しましょうか。念のために」

「わかりました。では、こちらへ」

夕方の五時という半端な時間だけに、客は怜ひとりだ。店長もバックヤードにこもりきりなので、一郁が怜を試着室へと案内した。

扉を開けると、二畳ほどの丸い小部屋に椅子とちいさな卓が置かれている。

「結構広い試着室なんですね」

「ええ。ゆったり着替えていただけるようにしたいって、店長が言ってました。女性のお客様だと、お荷物が多かったりしますから……今日は、お仕事の合間にいらしたんですか？」

「いえ、久々のオフです。誠はまだ撮影が溜まってるんで、今日も残念ながらスタジオにこもっているんですがね。私はひと足先にスケジュールを終えたので、ひとりでゆっくり羽を伸ばそうかなと」

「そうなんですか。普段お忙しいから、たまにのんびりお買い物もいいですよね」

「あ、シャツを試着できるなら、さっきトルソーに着せていたニットも一緒にいいですか？」

「かしこまりました。じゃ、いま新しいのをお持ちしますね」

怜がシャツを持って試着室に入ったのを確かめて、店頭に戻り、急いでバックヤードから在庫のニットを持ち出した。

試着室の扉をノックすると、「はい」と低い声が聞こえてきた。

――誠さんより、少し低い声かも。

笑顔で扉を開けたところで、どくんと心臓が音を立てて跳ね飛ぶ。

「あ……っ」

怜がちょうどシャツを脱ぎ終え、上半身をさらしていた。

細身に思えても意外と鍛えている胸板につい目が行ってしまい、あっと気がついたら怜が苦笑していた。

「……す、すみません！　着替え中だとは思わなくて、――その、し、失礼しまし……っうわ……！」

ぐいっと手首を摑まれて引っ張られたことで、怜の胸の中に倒れ込んでしまった。

「怜さん！」

「しー、大声を出すと、店長さんにバレてしまうかも」

「で、でも……！」

半裸の怜と抱き合うような恰好《かっこう》に、頬が熱くなる。

身長差があるだけに、鋭い視線に見下ろされて落ち着かない。長い腕の中に抱き込まれ、あやすように背中を撫でられた。

「怜、さん……？」

「私は仕事柄、さまざまな服を着こなします。その私がどんな身体をしているか、知りたくありませんか」

「どんな、身体か……」

意味深な言葉に、声が上擦る。

――もしも、この場面を誠さんが見たらどう思うだろう。

一瞬そんな考えが頭をよぎり、身体を引こうとしたが、腰をがっしり捕らえられてしまっている。

「いけません、怜さん。俺、仕事中なんだし……」

「じゃあ、ここでのバイトが終わったらきみを独占してもいいですか？」

危ういほどに近づいたくちびるの、官能的な動きに見とれていたら、それがそっと重なってきた。

「ん……っ……！」

最初からきつく、きわどく吸われて、くちびるがじんじん痺れる。彼らに出会う前だったら突然のことにほとんど反応できなかったはずだが、ここ最近、ずっと、誠に深く愛されてきた。

ひとつのキスが欲情を呼び起こすことも、誠から教わった。

怜はそのことを知っているのか、ちゅっと音を立てて淫らにくちびるを吸い、舌をねじ込んでくる。

「ん、――ん、っん……ぁ……」

ずるく舌を搦め捕られるのが苦しいぐらいに気持ちいい。正面からぶつかってくる誠とはまた違う、巧みなくちづけに溺れてしまいそうだ。

「だ、め、……っだめ、です、俺、は……」

「誠に操を立てますか」

「……俺たちのこと、……知ってる、んですか」

「双子ですからね。あいつがどこでなにをしているか、たいていのことは聞かなくてもわかる。とくに、あなたのことは。出会ってからずっと夢中になっているようですし……」

冷ややかな視線のまま含み笑いをする怜が、耳たぶをそっと噛んできた。

「誠とのセックスはよかったですか？　中にたっぷり出してもらいましたか？」

刺激の強い言葉を低い声で囁かれて、身体中の力が抜けてしまう。

怜は鋭い目を持っていると感じていたが、現実は予想を上回っているようだ。

「中、に……」

怜の言葉を繰り返すと、誠のもので身体の奥をぐっしょりと濡らされた感覚が蘇ってくる。それだけで達してしまうほどの、禁忌の感覚だ。

「なんで……知ってるんですか？　どこまで知ってるんですか？」

「さあ……どこまででしょうね。私と誠は双子だから、言葉にはしなくてもわかり合える感覚があります。誠がどれだけあなたに溺れているか、私も直接触って知りたい。そのことがどうしても頭から離れなくて、こうして会いに来たんです。……仕事のあと、ふたりで会えますか？」

熱い素肌にすがりつき、一郁は怜を見上げた。

研ぎ澄まされた美貌を持つ男は睥睨《へいげい》してきて、一郁の中にひそむ淫欲の火種を煽《あお》る。

「……なに、するつもりなんですか」

「あなたが考えている以上のことを」

くすりと笑う男は、危険以外のなにものでもない。早く彼の腕から逃れて、現実に舞い戻らなければ。

「もしも……いやだと言ったら？」

「そうですね、……誠とあなたを引き離します」

冷たい声に、身体がふるえた。

怜なら、やりかねない。あとをつけてきて、居場所を的確に探り当てる執念を持つ怜なら、どんなことでも迷いなくやりそうだ。

逡巡《しゅんじゅん》したのち、一郁はまだ戸惑いを残しながらも頷いた。

いま、ここで、怜に逆らうのはよくない気がしたのだ。それに、いけないことをされると決まったわけでもない。

――ただ、話をするだけかもしれないし。

「……わかりました。仕事が終わったら、会います」

「では、私は車で待っています。ここの近くにコインパーキングがあるのはご存じでしょう？　そこに車を停めているので、来てください」

怜の目に操られるようにこくりと頷くと、満足そうな笑い声が返ってきた。

「では、のちほど。ああ、このシャツとニットを買って帰ります。とても気に入りましたからね」


バイトが終わったのは、七時過ぎだ。

急いで店を出てコインパーキングに向かうと、黒のポルシェカレラが停まっている。運転席には、怜の姿があった。

「遅くなってすみません」

助手席の扉を開いてそう言うと、怜は頭を振り、乗るようにうながしてくる。

「私も近くでお茶を飲んでいたので、気にしないでください」

怜が車を発進させ、しばらくはなにも言葉を交わさなかった。

どこへ向かうのか聞いてみたいけれど、少し怖い。

カーステレオからはクラシックが流れている。ピアノのやさしい音に気持ちを解したいけれど、怜は誠との情事をなにもかも知っているのだと思うと、やはり身体が強張《こわば》る。

そのことが、怜にも伝わったのだろう。苦笑している。

「そんなに緊張しないでください。私が悪いことをしている気分になります」

「……怜さん、どこに向かってるんですか？」

「私たちの自宅です」

「怜さん……たちの自宅？」

「ええ。誠は今夜は帰りません。スタジオ近くのホテルに泊まって、明日も朝早くから撮影です。一郁さん、お酒は？　強いほうですか？」

「わりと……飲めるほうです」

「じゃあ、ワインを一緒に飲みましょう。いただきものなんですが、美味しい白ワインがあるんですよ」

ほんとうに、ただ酒を飲み交わしたいだけなのだろうか。

それならそれで助かるような、どこか拍子抜けしてしまうような、複雑な気持ちだが。

ポルシェは麻布十番にある低層階のマンションへと入っていく。愛車を室内からも眺められるようにした贅沢《ぜいたく》な造りの部屋だ。

「どうぞ」

「はい。……うわ、すごい、広いお部屋ですね」

駐車場から直接繋がっているリビングに通され、感嘆の声を上げてしまった。ゆうに四十畳以上ありそうなリビングにはゆったりとしたソファセットに大型のテレビ、スタンドライトが置かれている。全体がモノトーンでまとめられ、洒落た印象だ。

「どうぞ、ソファに座っていてください。いま用意しますから」

「すみません」

白いソファに腰掛け、落ち着きなくあたりを見回す。壁には、油彩画がかけられていた。濃い赤を繰り返し繰り返しキャンパスに叩きつけた絵は夕陽を描いたものだろうか。ある種、異様な迫力がある。

「お待たせしました。グラスをどうぞ」

「あ、はい」

ワイングラスを持つ一郁の隣に、怜が腰掛けてくる。爽やかな香りの白ワインを注《つ》いでもらい、怜が自分のグラスに注ぐのを待ち、互いにグラスを軽く触れ合わせた。

「乾杯」

「……乾杯」

ちょっと舐めてみると、確かに美味しいワインだ。ゆっくりとワインに口をつけながら、「素敵なお部屋ですね」と言った。

「ここには、誠さんとふたりで住んでらっしゃるんですか?」

「ええ。大学に入学した頃から。部屋数が多いので、ふたりで暮らしてもまだ余裕がありますよ」

「すごいです。俺と三歳しか違わないのに、怜さんも誠さんもしっかりされてますよね」

「中学生の頃からモデルをやってますからね。そこそこ貯金があって、親からもきちんと独立できました」

「でも、こんなことを言うのは変かもしれませんが、誠さんと離れて暮らすことは考えなかったんですか？　一緒にいるのは、やっぱり双子だから？」

「何度か、離れて暮らそうかと相談したことはありました。でも、落ち着かないんですよ、お互いに。依存しているわけではないのですが、離れて暮らすとどっちかが怪我《けが》をしたり、病気になったりして、バランスが崩れてしまう。昔からそうだったんです。母にも、『お腹の中で手を繋ぎ合ってたんじゃないの』と言われるほど、私と誠の距離は近かった。と言っても、兄弟で淫らな関係に陥ったことはありませんよ」

「そ、……そうなんですか」

怜独特の低い声で明かされる過去に頷き、ワインを飲む。一杯目はあっという間になくなったので、お代わりをした。

「このマンションを買って一緒に暮らそうと決めたのは、べつべつの仕事をしていて、誠が海外から帰ってくるときに乗っていた飛行機に事故が起きたのがきっかけです」

「事故ですか」

思わず顔を引き締めた。

「滑走路に羽根をぶつけてしまい、一瞬エンジンも危うかった事故でした。もちろん、誠は無事に帰ってきましたが、私はその間ずっと頭が割れそうなほどに痛かった。元気な誠の顔を見て——離れて暮らしたら、いずれ誠を失う。そう悟りました。明るいのだけが取り柄で、うるさくて、しつこい弟ですが……私にとって弟は彼ひとりしかいませんから」

「そうですね。……なんか、詮索《せんさく》してすみません。怜さんと誠さん、全然性格が違うのに、とても仲がよさそうだから、いいなと思って」

「あなたも私たちの間に入りますか？」

「誠さんと、……怜さんの間に？」

驚いて訊ねると、怜はちいさく笑って頷く。

「——沖縄で会ったとき、あなたに夢中になったのは誠だけじゃありません。私も、一郁さんのことが忘れられなかった」

「そんな……でも、俺と怜さんはなんとなく距離があって……」

「誠とは違う、と言いたい？　実際、そうなんです。誠は、ほしいものがあったらまっすぐぶつかる。対して私は、離れたところから様子を見守って、そっと近づくのが好きなんです」

「……どうして、ですか」

「最初に感じた印象どおりなのか、少し試したい気持ちがあるんですよ。沖縄で会ったあなたは、旅先だから開放的になっていたのかもしれない。あの夜のことを、一夜限りの遊びと思っているかもしれない……でも、違った。一郁さんは私たちに抱かれたことを覚えていてくれただけではなく、現実に——東京に戻ってからも怖《お》じけずに近づいてくれた。そこに、なにがしかの好意があるからだとわかったから、今日、あなたを誘いました」

「怜さん……」

鋭い視線をしていた怜が、生真面目な表情の一郁を見て、ふっと笑う。それから、こつんと肩に頭をもたせかけてきた。

「……なんてね、いろいろ言いましたが、やさしいあなたと一緒にいたかったんですよ。いまちょっと、大きなプレッシャーがあって」

「怜さんが、プレッシャー？　どんな？　冷静なあなたがプレッシャーを感じるなんて、ちょっと意外です」

「でしょう？　誠にもそう言われるぐらいですから、なかなか心中を明かせないんですよ。……でも、なんだろう、あなたと一緒にいるとほっとする。肩の力を抜いてもいいのかなと思えます」

「俺で役立てるなら、どんなことでもします。……もしよかったら、話、聞かせてもらえませんか？」

「誰にも内緒にしてくれますか」

「当然です。約束します」

「誠にも、内緒ですよ」

「はい」

目と目を合わせてしっかり頷くと、怜は苦笑し、ぽつりと呟く。

「映画のオーディションを受けることになっているんですよ」

「すごい。もしかして、映画出演って初めてなんですか?」

声を弾ませる一郁に、怜は頷く。

「ええ、テレビドラマはいくつか出させていただいたんですが、今度の映画は主役のオーディションなんですよ。結構、難しい役です」

「どんな役なんですか。興味があります」

「平凡な日常を暮らす大学生の狂気を描いた話なんですよ」

「狂気を……」

怜悧《れいり》な美貌を持つ怜を見つめ、呟いた。いままでに一郁が出会ってきた誰よりも冷静な怜が狂気に染まるなんて想像もつかないが、それだけに、見事に演じきったらさぞ迫力があるだろうと思う。

「どんなあらすじなんですか? 差し支えなければ、教えてください」

「構いませんよ、あなたなら。むしろ、一郁さんに話すことで重圧をはねのけたいのかもしれません。それに、あなたの口が固いことはよくわかっています」

「え、どんなところで?」

「沖縄の夜、私たちとしたことをいまでも秘密にしてくれているでしょう?」

「あ、あれは……誰にも話せないっていうだけで……」

口ごもる一郁に、怜は可笑しそうだ。

「あのね、言うひとは言うんですよ、どんなに止めても。いまはSNSなんていう便利なものがありますから、みんなに秘密を明かして得意げな気分に浸るひとも少なくありません。モデルである私たちも、よく盗み撮りをされますしね」

「それは……あまり気分よくありませんよね。仕事でカメラに慣れていても、私生活まで撮られていたら気が休まりそうにありません」

「ね? だから、一郁さんはとても真っ当な人間で、私はあなたを信じているんです。あなたになら、秘密を打ち明けてもいい。きっと内緒にしてくれるだろうから。——主役の大学生はある日、電車の中で偶然出会った女性に一目惚れをします。混雑した車内なのに彼女だけまとう空気が透明で、涼やかだ。そこに大学生は惹かれますが、次の駅で彼女は降りてしまう。大学生は一日中ずっと彼女のことを考え続ける。黒いスーツを着ていたから、社会人だろうか。年上だろうか。どんな仕事をしているのか、恋人はもういるのだろうか……」

囁くような声に、つい聞き入ってしまう。誠なら明るく楽しい話題を聞かせてくれる声を持っているが、怜の声は低く、とっておきの打ち明け話をするのにふさわしい。そして、もっと先が知りたいと思わせせられるのだ。

「続きは、どうなるんですか？」

「その翌日、同じ時間の同じ車両に乗ると、やっぱり彼女がいます。声をかけたいけれど、彼女の切れ長の目を見るとなかなか勇気が出ない……そんな日が数日続き、思いあまって大学生は彼女を携帯電話のカメラ機能で盗み撮りします。それを、同級生に見せると、彼らは一様に困った顔になり、言うのです。『なにも映ってないじゃないか』って、ね」

思ってもみない展開に、背筋がぞくりとする。怜の語りがうまいせいか、すっかり物語の世界に入り込んでしまい、怖いと思うのに続きが気になって仕方がない。

「ホラー映画……なんですか」

「ええ。ある種、サイコホラーっぽい展開ですね。誰の目にも映らない彼女に恋をしてしまった大学生はだんだん常軌を逸して、狂気の世界へと迷い込んでいく……そういう話です」

「すごい……そんな映画の主役を怜さんが演じるんですね」

「いいえ、まだ決まってないんですよ。オーディションを受けると言ったでしょう？　私のほかにも、役を狙っているひとがいるんです。見た目が優れているひと、演技に長《た》けているひと……誰もがライバルという状況下で、自分らしさを発揮するというのは、なかなか難しいものです」

「でも、でも、怜さんならきっと主役を獲れます。あらすじを聞いただけでも俺、怖かったです。実際に観たら、もっとぞくぞくする気がします」

「主役の私が見たいですか？」

「見たいです」

即答すると、怜はふっと笑い、そっと頬にくちづけてきた。

「……ぁ、……っ」

温かな感触が心地好くて、身を引くのが遅れてしまった。悪い反応ではないと怜も知ったのだろう。顎をつまんできて、目の奥をのぞき込んでくる。

「……ほんとうに不思議なひとだ。最初に出会ったときから、あなたは穏やかで、他人にやさしい。そして、誰よりも淫らな一面を隠し持っている。私がどれだけ惹かれているか、わかりますか？」

「怜、さん……」

「誠があなたに手を出していることは知っています。もちろん、妬《や》きましたが、私は機が熟すのを待ちたかった」

誠と深い仲に陥っていることを知られていたのだと思うとやはり啞然《あぜん》とするが、彼らは双子だ。きっと、目には見えない絆で繋がっているのだろう。

「機が、熟す……」

「わかりやすく言うと、誠の痕をつけられたあなたがほしかったんです」

「ど、どうして……そんなことを……」

「あなたは誠の色に染められ、彼の愛撫を身体全体で覚えている。――そこに、私の痕をつけたい。一度他人の手で変えられた身体を、この手でもっと変えてしまいたい。そういう欲求がつねにある。一郁さんは純粋で、真面目なひとだ。誠の情熱的な愛撫を受け止めて、待ちきれない身体になったんじゃありませんか？」

「……っ……」

問われたが、そう簡単に答えられる話題ではない。

顔を赤らめてうつむくと、うなじを爪で軽く引っ掻かれた。それがやけに甘美で気持ちよかったから、つい、「……ん」と声を漏らしてしまった。

「あ、……違います、いまのは、ちょっと声が出てしまっただけで、……」

「言い訳しなくていいんですよ。私は、あなたが感じやすいことを知っている。沖縄の夜、敏感に反応した一郁さんを覚えています。そして、あなたもきっとあの夜のことを忘れられない。だから誠と抱き合っているのだろうし、私の強引な誘いも断りきれなかった。いま、ここにいるのは、誘った私のせいでもあるし、一郁さん、あなたの中にひそむ好奇心のせいかもしれませんね。――私がどんなセックスをするか、興味はありませんか？」

「な……っ」

艶っぽい声に、身体の奥がひくんとふるえた。

怜の目が、楽しそうに煌《きら》めいている。一郁の頤をつまみ上げ、笑みを刻んだくちびるを近づけてきた。

「――……っんん、ぁ……っ……！」

くちびるを触れ合わせてすぐに、舌をねじ込んでくるのが怜のやり方らしい。きつく、甘く吸われてどうしても声が出てしまう。誠とはまた違う、巧みなキスだ。

「……可愛い声だ。キスぐらいで感じてしまうとは」

「お酒、飲んでるから……です」

「たかだがワインですよ？　身体もこんなに熱くなっている……」

抱き寄せられて、背中を擦られることで怜の胸にしがみつく形になってしまう。

たった数杯のワインで酔うなんてあり得ない。酒に強いことは、自分がいちばんよくわかっている。

――怜さんに、酔ってるんだ。

昂ぶる意識をなだめようと必死に息を吸い込んだが、浅い息遣いにしかならない。

快感に弱い自分がいけないのだ、きっと。セックスに不慣れだったせいもあって、誠や怜がすることをいちいち敏感に感じ取ってしまう。

「いまは、余計なことは考えないで。私との感触だけに溺れてください」

一郁が自戒していることに気づいたのか、背中を撫でる手がやさしいものになる。そのことに荒ぶる気持ちが少しずつおさまり、怜の熱くて幅広の舌を心地好く受け止めるようになった。

口内を探る舌は淫らで、ちゅく、くちゅ、と音を立てながら舌を擦り合わせてくる。疼く舌をぎこちなく触れ合わせると、顎を押し上げられて、つうっと唾液が伝わってきた。

「ぁ……んっ……」

温かな唾液をこくりと飲み込むだけで、淫蕩《いんとう》な気分になる。

——キスだけで、こんなになるなんて。

まだ触られてもいないのに熱くなってしまう身体に、怜が実際に手を出してきたらどうなってしまうのか。怖いような、知りたいような、複雑な気持ちだ。

焦れったいキスに翻弄されて、怜に支えられながら寝室に入った。

クイーンサイズのベッドには真っ白なシーツが敷かれており、これから怜との間に起こる出来事を考えると、その白さが淫らに見えてくる。

「怜さん……」

どんなセックスをするのかまったく想像がつかない。だけど、背中を撫でる手つきから、けっして痛い思いをさせられることはなさそうだ。そこはきっと、誠と一緒なのだろう。

ベッドに横たえられ、覆い被《かぶ》さってくる怜と抱き合い、そして繋がる——のだとばかり思っていたが、シャツの上から胸を這う手が意味深で、戸惑ってしまう。

「ただ弄って、舐めるだけで終わると思っていますか？　誠のセックスとは違いますよ」

「それって、どんな……」

「知りたいですか？　なら、最初にこれを」

笑う怜が、ベッドヘッドに置いた小箱を手に取る。それを目の前で開けられて、釘《くぎ》づけになった。

中には、綺麗な赤い石がはめ込まれたピアスのようなものがふたつ入っていた。

「これ、ピアス……ですか？」

「近いけれど、違います。これは、あなたの……ここにはめるんですよ」

「ん、――なに、……っぁ……あぁっ……！」

いきなりシャツをはだけられたと思ったら、乳首を指で根元から勃たせられ、きゅっときつく噛まれた。

「あっ、あ、っん、ふ……ぁ……んんっ、ん！」

誠にだってされたことがないほど強く噛まれて痛いぐらいなのに、そこが熱く火照り、ピンと生意気にふくらんで、ますます怜に噛みやすくさせてしまう。

「可愛い乳首だ。男の愛撫を知っていて淫らにふくらむ……もっと見せてください」

「あ、……っ」

乳首をくりくりと弄られたうえに、さっき箱の中にあった器具で挟み込まれた。根元がバネ式になっているらしく、乳首に淫猥に食い込んで、ぷっくりと尖った部分をいやらしく押し上げる。

素早く両方に仕掛けを施され、とたんにズキリと痛むような快感が全身を貫く。

「う、ぁ、っあ、や、いや、だ、怜さん、これ、はず――して……っ」

「どうして？　赤いルビーがあなたの乳首を綺麗に飾っている。……石ごと、食《は》んであげましょうか」

にやりと笑った怜が熱くてどうしようもない乳首を噛み転がしてきて、一郁は悶え狂った。息を吹きかけられるだけでも感じるのに、濡れた舌でくるみ込まれて、ちゅ、ちゅ、と音を立てて吸われるとそれだけでもう射精してしまいそうだ。卑猥に動く舌に翻弄されて涙が滲んでくる。

「う……う、っ……く……ぅっ……」

身をよじればよじるほど乳首にバネが深く食い込んでくるから、下手な抵抗はできない。

「はぁ……っあ……れい、さ、ん、……待って……っ！」

怜はなにも言わず乳首をいやらしく吸いながら、下肢を押しつけてきた。彼のそこが熱く昂ぶっていることを知ると、喉がからからに渇いてくる。

誠とのセックスとはなにもかもが違う。誠は自分の欲求を微塵《みじん》も隠さずストレートにぶつけてくるが、怜はそうではないらしい。道具を使いながら、一郁がどう反応するのか、冷静に見るのが楽しいようだ。

「あ……、ん……っ」

ゆっくりとジーンズを脱がされ、ボクサーパンツもずり下ろされて、性器をはみ出させられた。勃起《ぼっき》したペニスに下着の縁が引っかかって苦しいけれど、怜はお構いなしに見えている部分だけを扱いてくる。

「いい反応だ。誠にずいぶんと愛されているようですね。……ここも、そう?」

「っぁ……!」

下着を剝ぎ取られてアナルに指が這い、ふっくらした縁をかりかりと爪先で引っ搔く。

「ん——ン……っぁ……はぁ……っ」

「一郁さんはアナルセックスの快感を知っているんですね。私たちに出会うまでは真っ当な大学生だったのに、いまではアナルの中もこんなに火照らせて男に貫かれるのを待ってる。……いやらしい身体だ」

「う、く……」

いやらしいと指摘されて、泣きたくなる。確かに怜の言うとおり、沖縄で、あの秘密クラブに入りさえしなかったら、いまごろどうしていただろう。未来がどうなるかわからなくて不安なまま、落ち着かないけれど、平凡な日々を過ごしていたはずだ。

——だけど、もうそうじゃない。誠さんだけじゃなくて、怜さんの熱も知ってしまった。この先、どうなってしまうんだろう。

危うい予感が胸に生まれる。先がわからなくて怖いと思う気持ちに変わりはないが、言葉にはならない官能と甘さが色づくようだった。

孔を慎重に探っていた指が、つぷ、と挿ってきた。誠だったら少し強引に挿ってくるところを、怜の長い指はしなやかに侵入してきて、快感を覚えたての未熟な襞《ひだ》をやわらかに擦り始める。

「あぁ……あぁぁ……んん……っ」

どんなに声を殺そうとしても、無理だ。

中を引っ掻く指の感触が気持ちよすぎる。上側を二本の指で擦られると、自分でもどうかしていると思うような甘い声が漏れた。堕ちていくような快感に、ぞくぞくする。

「——ン……ふぁ、ぁ、あぁ、っぁ、あぁ……やぁ……」

指を咥え込んだまま、腰を振ってしまいたくなる。誠の雄で散々焦らされたことを、この肉体は覚えているのだ。

「誠のペニスは気持ちよかったですか？」

まるで胸の裡をのぞかれたかのような言葉に驚いたが、嘘はつけず、恥じらいながらもこくりと頷いた。

「すごく……よかった……」

「どんなところが?」

「大きくて、……太く、て、あれでかき回されると、俺、変になっちゃいそうで……」

誠との情事を打ち明けながら欲情に溺れた目をしているなんて、自分では気づけない。怜は満足そうに微笑む。

「きっと、私もあなたの中に挿れると考えているでしょう。でも、違います。私はもう少し複雑な快感がほしい」

「なに、怜さん、な、……っ」

身体を起こした怜が、再びベッドヘッドに手を伸ばす。

次になにが出てくるかわからず、不安で頭をのけぞらせて自分の目でも確かめようとしたが、すぐに頭を摑まれてくちづけられた。

「ん、ん――ふ、ぅ……」

さっきよりも強く舌を擦り合わされて、蕩けてしまいそうだ。伝ってくる怜の唾液を飲み込み、彼の首に手を回すと、愛おしむように髪をやさしく撫でられた。

「これを、私の代わりに挿れてあげます」

「……っぁ……」

目の前に小型のピンクローターを突きつけられ、言葉を失くした。

長さは怜の親指ぐらいだが、コードとリモコンがついているということは、振動する機能もついているのだろう。

「そんなもの……挿れたこと、ない……」

「なら、初体験ですね。きっと、気が狂うほど気持ちいい。これに慣れたら、ペニスの形をしたディルドーを挿れてあげましょう。玩具で喘ぐあなたが見たい」

「で、でも、……怜さんは？」

さっきからずっと、熱いものが腰に当たっているのに。まさか、怜は我慢できるというのか。

懐疑的な顔になったことに気づいたのだろう。怜はふっと笑って、「もちろん」と言う。

「私だって感じさせてもらいます。あなたの、ここで」

「っ、……！」

くちびるの中に親指がすうっと挿し込まれたことで、ぞくりと背中がたわむ。

「ここ、……」

「そう。一郁さんのくちびるで私のものを愛してもらいます。フェラチオの経験は？」

卑猥な言葉をさらりと言ってのけるのが怜らしい。一郁は慌てて頭を横に振った。

「……ない、です」

「誠のペニスも舐めたことがない？」

「はい」

嘘ではなかった。誠は一郁のそこをねっとりと口で愛するのが好きだが、自身の大きさを考えてか、奉仕を無理強いしてくることはなかったのだ。

「じゃあ、私があなたの口を犯す初めてになるんですね。大丈夫、少し苦しいぐらいが気持ちいいってことを教えてあげます」

「……んっ……」

淫らに舌を吸われ、いやだという暇はなかった。

嫌悪感はない。むしろ、怜のものがどんな形をしているのか見てみたいという好奇心が勝った。研ぎ澄まされた容姿を誇る怜が欲情するところが見たかったのだ。

つらいほどに勃起しているペニスには触れず、ローションで濡らしたローターがぬくりと窄まりに挿ってくる。

「つぅ……ぁ……！」

熱い肉棒とは違い、体温のない玩具が与える奇妙な異物感に、最初は戸惑い、自然と押し出そうとしたが、怜は構わずにローターを奥に押し込み、手元にあるスイッチを入れた。

「……あっ、っぁ、あぁっ」

身体がびくっとふるえるぐらいの振動に一郁はのけぞり、声を絞り出した。

中で、ローターがぶるぶると動き、肉襞を淫らに擦り上げていく。その単調さが身体に火を点けた。生身の雄なら出たり挿ったりと緩急があるが、玩具は一箇所を執拗に責め抜く。すぐに一郁はヒートアップし、はあはあと息を荒らげた。

「いい眺めだ……あなたのアナルがひくひくしているのが私に丸見えですよ」

「んっ、ぁ、や、っ、見、ない、で……っ……！」

はしたなく咥え込んでいるところをどうにか怜の目から隠したかったのだが、膝を大きく割られてしまっているのではそれも叶わない。鋭い視線が最奥にまで突き刺さってくるようで、余計に感じてしまう。

玩具の快楽に身体をよじっていると、手を引っ張られて起こされた。

「こちらにどうぞ」

「っん……！」

立場が入れ替わり、怜がベッドに寝そべる。その両足の間に身体を割り込ませた一郁は、ジーンズを脱いでボクサーパンツ一枚の姿になった怜をぼうっと見とれた。

モデルだけあって、鍛えられた身体をしている。誠よりは細身だが、腹筋は割れていて、胸の形も綺麗だ。それより、ボクサーパンツの縁から見える下生えの濃さに目が行ってしまう。

「……怜さんのここ、……濃い、んですね」

「そうですか？　他人と比べたことがないからわからないけど——誠より濃い？」

「はい……」

標準だろうと思う誠の下生えと比べると、怜のものは硬さもあって、濃い。

「脱がしてください」

「……はい」

操られるように、指先を下着の縁にかけて、引っ張った。とたんに硬く引き締まった雄がぶるっと飛び出す。

臍《へそ》につくぐらい硬く勃起している怜のそれは、見るからにいやらしい色だ。赤く充血していて、先端の割れ目に早くも先走りが滲んでいる。

下着を取り去ってから、怖々とペニスの根元を摑んだ。

「……すごく熱い」

「舐めてみたくなる?」

「ん、……はい、……いい、ですか?」

「どうぞ。あなたの好きなようにしゃぶってみてください」

言われて、一郁はまず割れ目に舌を這わせた。垂れ落ちそうな汁を舐めてみたかったのだ。

「……っん、……」

とても濃密な味だ。舐めるだけじゃ物足りなくて、いやらしい顔になるのを承知で、口を大きく開け、亀頭を頰張った。

「……いい、ですよ……上手だ」

じゅぷっ、じゅるっ、と音を立てながら怜の肉棒をしゃぶり立てた。

ただ顔を前後に動かすだけではつまらないから、くちびるを淫らにめくれさせながら肉竿を抜いて、ぬるぬるになった筋を舌先で辿ることもした。

「陰嚢も舐めてみてください」

「……っは、い……」

硬くしこった陰嚢をそっと持ち、口に含む。片方ずつ口の中で転がして、ちゅっと吸い上げた。

「……初めてにしては情熱的だ。一郁さん、フェラチオが好きなのかも」

くくっと怜が笑う。だけど、まだほしい。もっとしてみたい。

強く反り返る陰茎を根元からずるぅっと舐め上げ、途中でちらりと怜を見上げた。欲情にのぼせた視線の意味を悟ったのだろう。

怜は身体を起こし、あぐらをかいた状態で腰をゆるく動かす。

「ツン、ん、ァ、ン――……っん、んっ」

喉奥まで突かれて、苦しい。けれど、離したくない。

――少し苦しいぐらいが気持ちいい。

怜の言うとおりかもしれない。口腔《こうこう》を犯す雄は美しく冷ややかな怜の顔を裏切るような熱さで、割れ目に舌をねじ込ませるたびにびくっとふるえる。

——これが、怜さんなんだ。直接触れるよりも、一歩引いたところで快感を操るひとなんだ。

えづきそうなのを必死に堪《こら》えてじゅぽじゅぽとしゃぶり、輪っかにした指で扱いた。

怜が息をつめ、頭を押さえ込んでくる。

「っ……いき、そうだ」

「ん、っ、ぁ、ん、ん、んん」

口の中に出してくれるのだとばかり思っていた。怜の衝動がどんな味をしているのか、知りたかった。

だが、その瞬間、怜は自分のものを一郁の口の中から素早く抜いたかと思ったら、眼前につきつけてどっと射精した。

「あ……っ！」

どろりと熱い白濁が顔中にかかる。頬、鼻の頭、そしてくちびる。

口の脇にまで垂れ落ちてきたそれを無意識に舐め取ると、やっぱり濃い。

自分の欲望を思う存分扱き、一郁の顔を汚すことに成功した怜は楽しげだ。

それから一郁を押し倒し、中に挿さったままのローターを引っ張り、押し込み、また引っ張る。そして、勢いよく引き抜かれた。

振動とフェラチオですっかり昂ぶっていただけに、この責めはきつい。顔を汚したままで、一郁は喘いだ。

「い、く……怜さん、いっちゃ、う……っ」

「いってください。私の口の中で」

「で、も……っぁ――ぁ……っあぁっ……あぁっ……いく……っ！」

言うなり、身体の位置を変えた怜が咥え込んでくる。ルビーのクリップがはまったままの乳首をぐりぐりっと揉み込みながらペニスを嬲《なぶ》られて、堪えきれなかった。

びくっと腰が立つほどの激しい射精感に眩暈《めまい》までする。怜の口に咥えられたまま、どくどくと射精し、息を切らした。

怜は精液をごくりと飲み下すばかりか、割れ目を舌先で抉って、もっと出すようにうながしてくる。

「――最後の一滴まで出すんですよ」

「ん、……っは、い……」

怜の言うことには抗えない。もうこれ以上は無理だという感覚に陥るまで放ち、細い息を漏らした。

美味しそうに舌なめずりする怜が、顔を近づけてきた。汗で彩られた顔は、怖いぐらいに魅力的だ。

「また、私に抱かれてください。誠とすることは咎《とが》めません。誠とは違うセックスを教えてあげます。でも、もしいやなら……」

「……いや、なら?」

「いまここで断ってください。私はあなたを執拗に愛したいけれど、迷惑がられるのは本意じゃない。たったひとりの男を手に入れて私の熱で変えてしまいたい――あなたを徹底的に愛し抜きたい」

「……っ……」

真正面から抱き締めてくれる誠とは、なにもかもが違う。

ともに熱い快感に浸り、淫らに昇り詰めていくことを望む誠。

さまざまな玩具で責め立て、醒《さ》めた顔で笑いながら快感を操る怜。

どちらかを選ぶなんて不遜《ふそん》なことはできない。だけど、ふたりの間で、揺れ動くことへの惑いも捨てきれない。

「……セックスは、ひとりのひととするものじゃないんですか……?」

「つまらない常識に縛られていると本物の快感を逃しますよ、一郁さん」

「本物の、快感……」

まだ身体の奥が熱く疼いている。

――もうローターは抜かれているのに。

一郁はわかっている。誠によって男同士の愛し方を知ったいま、手で触れればまだ硬くて、長さのある怜のもので思いきり貫いてほしくてたまらないのだ。きっと、誠とは違うところを突いて、擦ってもらえそうだ。

——口に含みきれないほどの長さだった。それに、すごく硬かった。あれで奥まで突いてもらえたらどんなに気持ちいいだろう……。

「なにかいやらしいことを考えている顔ですね。私のペニスで突いてほしいですか?」

「っいえ、そんな、……そんなことは……」

「いつか言わせたいですね。ペニスでこのお尻を思いっきり抉って、うんとかき回してほしいって、ね。——私は、あなたとぐちゃぐちゃになりたいんです」

そう言って、怜がくちびるを重ねてきた。

冷たい美貌なのに、言うことが淫らすぎてつい聞き入ってしまう。

惹かれていることを隠せない一郁は、彼の背中に手を回して甘いキスに応えるだけだ。

誠と怜に翻弄される日々の中、友人の岩見の存在やバイト先での仕事がなかったら、いくら誠たちが魅惑的だとはいえ、一郁は追い詰められていたかもしれない。

「おまえ、最近ちょっと変わったよなぁ」

「えっ？　そ……そうかな。自分じゃわからないけど。たとえば、どんなところが？」

「前より洒落た色のシャツを着こなすようになった。それに、声がやたら色っぽくなった」

「声って」

思わず飲んでいたアイスティーに噎《む》せそうになった。

今日は、岩見とふたりで学校帰りに表参道まで出てきた。岩見が、一郁のバイト先であるセレクトショップでシャツを見たいと言い出したのだ。

スタッフの利点を生かし、少し割引をしたところ、岩見は大喜びで入荷したばかりのスモーキーなカーキの七分袖シャツを買ってくれた。人気のインポートものなので、あまりセールにも出ないし、カーキは店頭に出すとすぐに売れる色だ。

岩見はよほど嬉しかったらしく「割引してくれた礼に、お茶をおごるよ」と言うので、表通りからちょっと奥まったところにあるお気に入りのカフェにふたりでやってきたというわけだ。

——前に、誠さんや怜さんともここでお茶をしたっけ。

あのときは、まだ、引き返せるところにいた。

だけど、彼らと出会ってから早くも二か月が経とうとしているいま、誠と怜のいない日々なんて考えられない。

岩見はこのカフェの人気メニューであるライムスカッシュを、一郁はアールグレイのアイスティーを注文した。香りがしっかり立っているアイスティーを楽しむために、ガムシロップは入れない。すっきりした味わいを楽しんでいるところへ、岩見が先ほどの問いを投げかけてきたのだった。

「もしかして、いつの間にか彼女ができたのか？」

「違う、そうじゃなくて——ただ、新しい知り合いができて……そのひとたちの影響を受けているのかも」

岩見に言った言葉は嘘じゃない。

前からセレクトショップに勤めていてファッションには気をつけるようにしていたが、最前線にいるモデルの誠たちとつき合うようになってからは、彼らと並んだとき、恥ずかしい思いをさせないようにと、清潔ながらもシーズンを先取りした服装をこころがけるようにしていた。

その細かい変化に誠と怜は素早く気づいてくれた。そして、誠は肌触りのいいコットンストールを、怜はジャケットやベストの胸元に挿す洒落た飾りのついたピンを贈ってくれた。どちらもそれなりの値段だろうと思ったので、最初は辞退したのだが、『絶対似合うから、もらってよ』と誠が言い、怜も、『私たちとの食事のときにでもつけてくれると嬉しいですね』と言うものだから、断りきれず、最後はありがたくもらうことにした。

薄いグレーの柔らかなストールは、まるで誠のようだ。やさしく包み込んでくれて、守ってくれる。

そして、鋭いピンはもちろん怜のようだ。さりげない飾りを施しながらもきつく挿し込んでくるところが彼らしい贈り物だ。

誠と怜とは、三人一緒に会えば食事をしたり、ちょっとしたドライブに出かけたりすることもあった。

ばらばらに会えば、熱っぽく抱き合う。怜に抱かれたことを誠には打ち明けていないが、いまのところまだなにも言われていない。ただ、セックスにかける時間が前より長くなり、愛撫もより濃くなった。

――もしかして、怜さんとのことを知ってるんだろうか。怜さんと違うことを証明しているんだろうか。

知らず知らずのうちに顔を赤らめていると、苦笑する岩見に頭を小突かれた。

「そんな色っぽいため息をつくなよ。相手、どんなひとなんだ?」

「格好いいよ、すごく。大人だし、行動力があって……その、ベッドの中でもリードしてくれる」

「マジかよ。相手、年上の女性なんだ。どんな仕事をしてるひとなんだ?」

うっかりこぼした言葉だったが、岩見は、つき合っている相手を女性と勘違いしたようだ。

一瞬、「違うんだ」と取りなそうとしたが、真実を打ち明けることで余計に混乱させても悪い。

——ごめん、岩見。

胸の裡で謝り、グラスの中の氷をストローでかき回す。

「……ベッドの中のことって、誰にも相談できなくて。俺、あまり経験がなかったから、相手に任せてしまうことが多くて、少し恥ずかしい。俺だって男だから、たまには大胆に行きたいんだけど。岩見はどうしてる？　ベッドの中のテクニックって、どうやって学んでる？」

勇気を出して訊ねると、岩見は精悍《せいかん》な顔をほんのり赤らめて、「うーん」と唸《うな》る。

「そうだなぁ……まあ、場数を踏むしかないって言ったら元も子もないんだろうけど。告白するのはちょっと照れるけど、エロＤＶＤを観て、相手の身体にどう触るかチェックすることはあるかな。でも、マニアックな内容だとほとんど参考にならないぞ」

「ふふっ、そうだね。どこをどう触れば感じてもらえるかなんて、個人差があるわけだし。男性誌でセックス特集なんかがあると、以前はさらっと流してたのに、いまはむさぼり読んじゃうよ。一緒に過ごしている時間を少しでも楽しんでもらえたらって」

「真面目なおまえらしいよ」

岩見が目縁を柔らかくする。

「それだけ熱心に考えてるんだから、大丈夫だよ。ちゃんと相手に届いてる」

「そうかな……どうなんだろう。すぐいっちゃうのも経験値が足りない気がするし……」

「おいおい。あまりきわどいことを言うなよ。なんか……、おまえの喘ぐ顔を想像するだろ」

「ば、馬鹿。しなくていいんだよ、そんなの」

お互い顔中真っ赤にして見つめ合い、次には思いきり噴き出していた。

「初めてした、こんな話」

「俺だって一郁の閨《ねや》物語を聞くことになるとは思ってなかったぞ。……でも、ちょっと羨ましいな。それだけ夢中になれる相手ってことだろ？　どうやって出会ったんだ」

「前に、沖縄に行ったとき。最終日の夜、初めてのクラブに入ったら彼――ううん、彼女がいたんだ。向こうから声をかけてきてくれて……最初から、強く惹かれていたんだと思う」

「すごいな。沖縄で逆ナンされたうえに東京に帰ってきてからもつき合いが続いてるのか。なんか、映画か小説の中の出来事みたいだ」

「俺もそう思う。それにそのひと、すごく綺麗だし……俺なんか釣り合わない気がしたけど、いまは少しでも一緒にいたいから、隣に立って相手に恥をかかせないよう、服装に気をつけたり、いろいろ本を読んだり最新の映画を観て、話題を増やすようにしてる。あっちは社会人だし、人間関係に深みがあるひとなんだ。飽きられないようにしたくて……、いてっ」

額をピンと指で弾かれた。

「そう卑下するなよ、おまえだったら大丈夫だって。相手に釣り合うようになろうとする努力は絶対に伝わってるよ」

「……うん、ありがとう」

ようやく笑みを浮かべて頷いたときだった。ジーンズの尻ポケットに入れていたスマートフォンが振動し始めた。

「ちょっとごめん」

岩見に頭を下げ、スマートフォンを取り出してみると、誠からメールが届いたらしい。ざっとチェックしてみると、今日、会えないかという誘いだ。一緒に映画を観に行かないかと書いてある。

会いたい。だけど、まだ怜と抱き合ったことをはっきりと打ち明けていない。ここ二週間ほどは誠も怜も仕事が忙しくて抱き合っていないが、メールは頻繁に来ていた。

「なんだなんだ、悩ましい顔だな。噂の彼女か？　俺のことは気にしないで、会いに行けよ」

「でも……このあとどこかで食事しようって」

「また今度でもいいだろ。俺は大学でおまえと会えるんだし。会いたいって言われてるなら、我慢しないで会いに行けよ。で、情熱的なセックスをしてこい」

「い、岩見」

岩見の明け透けな言葉に、急速に体温が上がる。

——やっぱり、会いたい。

募る想《おも》いに抗えず、一郁は岩見が勧めるままに、手短に了承の返事を送信した。

すぐに誠からの返事が来た。二時間後に、新宿《しんじゅく》にある映画館前で待ち合わせることになった。

「いいなぁ、俺も彼女がほしいよ。それで、一郁みたいにのめり込むような恋愛がしたい」

「岩見ならつき合いたいっていう子、たくさんいそうなのに」

答えながらも、一郁はそわそわしていた。

久しぶりに会う誠は、いったいなにをするのだろう。映画を観て、食事をするだけではすまない気がする。

早くも胸が高鳴っていた。


「一郁、待った？」

「いえ、全然。俺もさっき来たところです」

新宿の映画館前、約束の五分前に一郁が着くと、サングラスをかけた誠が息せき切って走ってきた。九月初旬の夜はまだ蒸し暑い。ちょうど家電量販店の前を通りかかったときにもらったうちわがあったので、誠に向けてぱたぱたと風を起こした。

「サンキュ。今夜観ようとしてたの、アクション映画なんだけど、いい？　一郁の趣味に合ってる？」

「合ってます合ってます。ワイヤーアクションが売りの話題作ですよね。俺も観たいと思ってたから嬉しいです」

「よかった。じゃあ、早速行こう。あ、俺、ポップコーンが食べたい」

「俺も」

「じゃ、一緒に食べよう」

オフホワイトの麻のシャツに、長い足をジーンズで包んでいる。さすが一線で活躍しているモデルだけあって、姿勢がいいので、なにをしていなくても人目を惹くようだ。いまも、通りすがりの女性がうっとりした目つきで誠を見つめていた。

「誠さんって、すごくもてるでしょう」

「突然、なに？」

売店でキャラメルポップコーンとウーロン茶を買っている誠にそっと囁くと、びっくりした様子の誠が振り返った。

「さっきからいろんなひとの視線を感じます。みんな、誠さんに見とれてる」

「モデルとしては嬉しいかな。誰よりも輝いていたいしね。でも、いまはオフタイムだし、俺はきみの視線を独り占めしたい。そう言う一郁は？　俺だけを見てくれてるんじゃないの？」

「み、……見てます。……ちょっと悔しいけど、誠さんに惹かれっぱなしです」

小声で返すと、誠はふふっと笑い、それからサングラスを少しだけずり下げた。漆黒の瞳がまっすぐに突き刺さってくる。

「——俺だけ？」

「え……？」

いたずらっぽいけれど、真摯な光を宿した強い視線に射貫かれ、声が掠れる。

それから誠はなんの前触れもなく顔を近づけてきて、耳たぶを噛むようにして「怜は？」と囁いてきた。

「……っ！」

やはり、気づいていたのか。

だが、誠はそれ以上問い詰めようとせず、笑顔に戻る。

「もうそろそろ始まっちゃう。席につこう」

「あ、……はい」

ポップコーンと飲み物を持って、とりあえず席に急いだ。隣り合って座り、大きなスクリーンに見入る。

前評判が高いこのスパイアクション映画は一郁も観たいと思っていたので、誠と一緒に鑑賞できるのは嬉しい。

ふたりの間に置いたポップコーンをつまみながら、しだいに物語に没頭していった。ワイヤーを使った激しいアクションは、どう撮影しているのかわからないぐらいに巧みだ。ある国の宝と称される美しいルビーが盗まれ、密輪の疑いをかけられた大使館員が謎の死を遂げる。ルビー奪回と謎の解明を求められたスパイがときには頭脳戦で、ときには肉弾戦で活路を切り拓いていく話はおもしろくて、夢中になってしまう。

だから、隣からそっと手が伸びてきて、ジーンズのファスナーをゆっくり下ろし始めた意味も、すぐにはわからなかった。

薄闇の中、誠の大きな手が股間を這う。

「……ま、ことさん……」

誠はなにも言わず、まっすぐ前を向き、映画に集中している。

ならば、この卑猥に動く手はなんなのか。

焦って身をよじらせたが、手はどかない。

「誠さん……っぁ……！」

器用にボタンを外してファスナーだけ下ろし、中に熱い指がくねり込んでくる。誠の指を感じて、こんな場所なのに、性器がむくりと頭をもたげる。

ボクサーパンツの上からペニスの形を丁寧になぞられ、いやでも昂ぶってしまう。

「や……っなに、して……っ……」

「きみの気持ちを知りたくて」

映画観賞中ということもあって、誠の声は低い。それがどこか怜を思わせるから、余計に抵抗できない。

「もっと激しく扱いてほしい？　それとも、口でしてあげようか」

「な、っ……」

目を丸くする一郁に、誠は横顔だけで笑う。

「怜には負けられないからね」

「……っ……怜さんとのこと、知ってる、んですか……」

「もちろん。俺はきみを抱いている男だよ？　ほかの男が手を出したらすぐにわかる。……ああもう、ガチガチだ。ねえ一郁、ジーンズにいやらしい染みを作って帰る？　俺、今日は送ってあげないよ。雌の匂いをまき散らすきみに、男が群がるかも。それでもいいの？」

「……雌、って……」

声をか細くする一郁に、誠が身体を擦り寄せ、一転して甘い声で囁きかけてきた。

「ねえ、意地悪しないで一郁。きみに夢中になりすぎて俺はおかしくなりそうだよ。きみのここ……口の中でくちゅくちゅしてあげたい。俺のフェラ、一郁も好きだよね？　いっぱいしゃぶってあげるから、俺がほしいって言って」

「……ん……っんん、まこと、さん……っ……」

映画を観ているのに。周囲には観客がいるのに。さっきからずっとＢＧＭが大音量でかかっているからこの不埒《ふらち》な行為がバレずにすんでいるのだろうけれど、誠の指は貼りつくように動き、いまにもペニスを露出させそうだ。

ぬちゅ、にちゃっ、と愛液の粘る音を立てて扱かれることを想像して、身体が熱くなる。

誠の節くれ立った男らしい手が下肢を覆うだけで意識が脆《もろ》くなるなんて。

感じやすすぎる己を恥じたけれど、身体の中を狂おしい熱が暴れ回っていて、我慢できない。

「……誠、さん……ほしい……」

「俺がそんなにほしい？」

「……ほしい、です」

涙目で訴えた。誠はじっと見つめてきて、「わかった」と頷きながら手を摑んできた。

「——はぁ……っ……ん……ふぅ……」

声を漏らしたらいけないと固めた拳を口にあてているのだが、さっきからずっと熱っぽい吐息があふれて止まらない。

上映中のシアターをそっと抜け出して、誠に手を引かれるまま、男子トイレの個室に入った。

まさかこんなところで肌をさらすとは思っていなかったから最初は身体がすくんだが、愛おしげに舌を吸ってくる誠のキスで少しずつ緊張がほぐれ、いつしか彼にしがみついていた。

一郁を壁に押しつけ、誠は腰骨をきつく摑んで床にしゃがみ込んだ。

「だ、め、誠さんが——そんなこと、した、ら……っ服、よごれる……」

「服ぐらいどうってことない。それよりねえ、一郁のここ、もうヌルヌルだ。俺に舐めてほしそう」

大きな手がシャツをたくし上げてくる。その骨っぽい指を見ているだけで切なくなるほど、彼に惹かれているのだ。

下着ごとジーンズを膝までずり下ろされ、勃起した性器があらわになる。

呼気を感じただけでびくっと反り返るそこに、誠は舌を大きくのぞかせる。

「……怜に、ここ舐めさせた？」

「……、っ、……はい」

ごまかそうかと一瞬考えたが、すぐに誠も勘づくだろう。

観念して、頷いた。

「どんなふうに舐めてもらったの？」

「……口、の奥まで挿れてもらって、……ぐちゅぐちゅ、って音、立てて……」

「一郁、エッチな子だからすぐにいっちゃったんでしょう」

「う……」

亀頭の割れ目に舌が当たりそうで、当たらない。必死に堪えていたけれど、ふうっと熱い吐息を吹きかけられてたまらなかった。

腰をぎこちなく前に動かすと、ペニスの先端が誠の形のいいくちびるの中にぬぷりと挿る。

「んっ、んっぅ――く……っ」

割れ目の中の敏感な粘膜まで舌先でくちゅくちゅっと抉られ、淫液を啜り込まれて、無我夢中で誠の髪を両手で摑んだ。

気持ちいいなんてものじゃない。獣になった気分で、いっそここで交わってしまいたいぐらいだ。

「あぁ……誠さん……すごく、いい……」

「怜よりもいい、って言わなきゃやめちゃうよ」

「っく……、いじわ、る……！」

怜と誠、まったく異なるアプローチで迫ってくるふたりを比べるなんてできない。

だが、いまこの時点では誠の濃密な口淫に溺れたくて、胸の裡で怜に必死に謝りながら、

「……怜さん、よりも」と切なく呟いた。

「俺でいっぱいにしたい……怜に抱かれても、俺を思い出しちゃうぐらいに」

根元からくびれまで輪っかにした指で扱かれ、身体の真ん中に熱い衝動が生まれる。

「い、っちゃ、う……やだ、誠さん、や……っ、あぁ……っいく……っ！」

「いいよ、飲んであげる」

「う、う、っ……ぁ――あぁっ、あっ、……！」

身体を大きくふるわせ、絶頂へと昇り詰めた。いけないと思ってもあとからあとから精液があふれ、誠のくちびるを濡らしていく。

彼の喉がごくりと動くのを信じられない思いで見つめていると、ぐいっとくちびるを拭った誠が立ち上がり、背後から抱き締めてきた。

「きみのを飲めばおさまると思ったんだけど……だめみたいだ」

「誠さん、まさか、ここ――で……？」

「いや？　声さえ殺せば大丈夫。立ったまま、うしろからきみのいいところを突いてあげる。それとも、怜にもうこういうことをされたとか」

怜にはまだ挿入されていない。慌てて頭を振った。

すると誠は不思議そうな顔で、身体をまさぐってくる。

「あいつ、きみの中に挿ってないの？」

「はい……あの、……その、……ローターは……挿れられました」

「ふぅん、なるほど……きみと実際繋がったらあまりの気持ちよさに取り乱すのが怖いとか？　きみの身体を気遣っているとか。……それとも、俺を牽制《けんせい》してるのかな」

独り言のように言って、誠は剝き出しになっている尻を淫猥に揉み込み、自分の唾液で濡らした指を浅く押し込んできた。

「ン――……っ！」

「少し硬くなってる……前にしたときからちょっと間が空いたからかな。俺、きみのこういう純情な身体がたまらなく好きなんだ」

「純情なんて……そんなんじゃないです。俺、誠さんに抱かれるとすぐ喘いでしまうし、……情けないです」

「そんなこと言わないで。素直に感じるのは悪いことじゃない。俺がきみを淫らに変えたんだよ。もっともっとエッチな一郁になって。いつでも俺とセックスすることを妄想するぐらい」

「あ、あ、だめっ、ゆび、そんな、――したら……っ……」

指が執拗に上の肉壁を擦り、淫靡な疼きを孕《はら》ませていく。

そんなことをされたら、もう、挿れてもらうことしか考えられなくなってくる。

自分だって求めていることを知ってほしくて、おそるおそる誠のそこに手をあてがった。

「……誠さん、おっきい……」

「当然。一郁と抱き合ってるんだから。そのまま、ファスナー下ろせる？　俺のものに触って」

「ん、――はい……」

背後にいる誠のジーンズをもぞもぞと探り、なんとかファスナーのちいさなつまみを摑んだ。誠のそこは完勃ちすると相当な大きさに育つので、ファスナーを下ろすのもひと苦労だ。

「……誠さん……」

喉がからからに渇いている。誠のペニスを下着からはみ出させてぎこちなく擦ると、びくんと雄が力強くしなる。

尻の割れ目に肉棒を意味深に擦りつけてくる誠がうなじを食んでくる。あと少しで挿れてもらえそうなのに、そらされて、しまいには壁に両手をついて、自分から腰を突き出していた。

はしたない真似をしているのはわかっている。だけど、誠がほしくて仕方ないのだ。硬くて太い雄で、中をぐりぐりと擦ってほしくてたまらない。

「も、……だめ、お願い、挿れて——ください」

「いいよ、きみのおねだりだったらなんでも聞いてあげる——だから、少しエッチなことしてもいい？　きみと俺が繋がってるとこ、スマートフォンで撮りたいんだ」

「……どうして？」

「離れているときに動画を見返して、オナニーしようかなって。きみに挿ってるのは俺なんだって確かめたいんだ」

誠にしてはめずらしく執心剝き出しの声に、胸が狂おしい。独占されたい想いは自分だって同じだから、「はい」と掠れた声で返した。

「俺と——あなたの秘密ですよね」

「そう。ふたりっきりの秘密。きっと、怜にはバレてしまうだろうけどね」

「怜、さん……に？」

「昔から隠しごとができなくてさ。それよりもいまは……、きみに、挿れてあげる」

「ん、——んっ、あぁっ、あっ……！」

ぐぅっと押し挿ってきた肉棒に狭い孔がぎりぎりまで拡げられていく。

立ったまままうしろから挿れられるのは、初めてだ。不安定な恰好での繋がりだけに、いつもは擦られない場所を誠の雄が熱く掠めていく。

「いいよ……一郁のお尻、とてもエッチだ。俺のものを深く咥え込んで……ん、すっごく気持ちいいよ……」

「あっ、……う、……っく……」

のぼせた声の誠がスマートフォンを掲げ、結合部分に焦点を合わせる。ぬちゅっ、ぬぷっ、と肉棒を浅く出し挿れしながら映しているらしい。ゆっくりとしたグラインドが余計にいやらしく映りそうだ。

「……ちょっと見てみる？」

鼻先に、スマートフォンの画面を突きつけられた。

画面の中で、一郁の丸みを帯びた尻の中に誠のいきり勃った肉棒が出たり挿ったりしていて、見るからに卑猥だ。

孔の縁がめくれ、充血した中がひくひくしているところまで映っている。

「どう？　俺たちが愛し合ってる証《あかし》だよ。こんなに感じやすくて熱くなる身体、ほかの誰にも渡せない。俺だけだって言って、一郁」

「まこ、と、さん、っ、……あっ、あっ、激し、い……っ！」

「言わないとやめちゃうよ。一郁は俺のこれがほしいんでしょ？　もっと腰を突き出して……そう、全部俺に見せて。こっち向いて、舌を出してみて」

「ん、んっ、……っく……ん……っ」

淫らに穿《うが》たれながらなんとか振り向いて舌を少しだけのぞかせると、誠が強く吸いついてくる。唾液がとろとろこぼれて顎を伝うのにも構わず、一郁もエロティックなキスに必死に応えた。

「もっ、と……奥まで、来て……っ誠さんの、ほしい……」

「ふふっ、どんどん俺好みになっていくね、一郁は……。俺のでっかいカリをいやらしくしゃぶってるよ、ヌプヌプって。わかる？　あぁ、きみの中、すごくきつくて熱いよ……これからもっとたくさん突いて、俺が中にいっぱい射精するところも撮っておくから。……ほら、ほら、もっと飲み込んで、俺を受け入れて、一郁──一郁っ……！」

誠が激しく腰を打ちつけてきたときだった。

スマートフォンが突然空気を読まずに鳴り出して、ふたりともぴたりと動きを止めた。なにごとかと、誠も一郁も息を切らしながら顔を見合わせた。

「いいよ、気にしないで、続けよう」

「で、でも……」

誠のスマートフォンが鳴っているらしい。

荒い息遣いで誠は二度、三度と穿ってくるけれど、一度鳴りやんだスマートフォンが再び音を立てる。

さすがに熱が冷め、一郁のほうからそっと身体を離した。

そのことが誠にも伝わったようで、舌打ちしながらなんとか下肢をなだめてジーンズを穿

き直している。

「くそっ」

なかなか鎮まらない下肢をなじる誠が、まだ窮屈そうなジーンズの前を直しながら、きまり悪い顔で振り向いた。

「……ごめん、トイレの外で電話してきてもいい？　ほんとうにごめん。続きは絶対するから」

「気にしないでください。大事な用件かもしれないから、俺に構わないで」

「うん、じゃあ、……とりあえずお先に」

そう言うと誠はトイレを出て行く。

一郁も急いで身づくろいを整えて個室を出て、洗面台で顔や手を洗った。

それからしばらく、ぼうっと鏡を見つめた。

いきなり行為を断ち切られただけに、まだ欲情が抜け切っていない。ほしがりな感情が目にも表れ、潤んでいた。

——セックスに溺れるようになるなんて、思いもしなかった。誠さんや怜さんと出会ってから、俺はすっかりほしがりになってしまった。

セックスの経験がないわけではないけれど、淡泊なものだった。時間や場所を問わず求め合う誠や怜とはまったく違い、彼らに出会うまでの一郁にとってのセックスとは、夜、ベッドの中でするものだった。

「……また、スタジオに撮影を見に行ってみたいな」

普段、誠たちは、大学生の自分とは異なる生活を送っている。こうして会っているときはその差をあまり感じないのだけれど、離れると、多くのひとに求められる誠と怜が遠く感じることもある。

「一郁」

トイレに戻ってきた誠が、申し訳なさそうな顔をしている。

「どうしたんですか？」

「マネージャーからの電話。急いで事務所に来いって。明日の雑誌インタビューの打ち合わせがしたいんだって」

「行ってください。大事なお仕事なんだし」

「打ち合わせは一回やってるから、必要ないと思うんだけどね……それに俺、本番に強いほうだし。今夜はきみとずっと一緒に過ごすつもりだったのに」

「でも、わざわざ電話が来たってことは、なにか伝え忘れたことがあるのかもしれませんよ。俺なら大丈夫です。なにか適当に食べて家に帰りますから」

「……うん、ごめん。ほんとうに申し訳ない。あとでメールするよ。一郁も、家に着いたらメールちょうだい。心配だし」

「わかりました」

がっかりした顔を誠に見せたくなくて、精一杯の笑顔で彼を送り出した。

誠は手を振って、足早に立ち去った。

ひとりになったとたん、こころも身体もなんだかぽっかりと穴が空いてしまった気がする。

「どうしようかな……」

なにか食べて帰ろうかと考えたが、映画を観ている最中にポップコーンをつまんでいたせいか、あまり腹は減っていない。

身体の中に残っている誠の感触を大事にしたいから、今夜はまっすぐ家に帰ろう。

混み合う電車に揺られている最中、やはり移動中なのだろう、誠からメールが届いた。

開いたとたん、顔が真っ赤になり、忘れかけていた欲情が鮮やかに蘇ってしまう。

『今日の記念だよ』

メッセージはその一行だけだ。

さっき、トイレで抱き合っていたときの写真と動画が添付されている。挿入したまま撮った写真も写真だが、動画はもっとダイレクトな淫らさがある。

電車内で見るものではないと思い、スマートフォンをジーンズの尻ポケットにしまったが、落ち着かない。

——見たくないいんじゃない。早く見たくてしょうがないいんだ。

動画だったら、きっと誠の声も入っているだろう。普段から喋り好きな誠だが、セックスの最中はより淫らな言葉を発して一郁を昂ぶらせるのだ。

やっと最寄り駅に着き、コンビニにも寄らずアパートへと走った。

「っはぁ、はぁっ……はぁっ……」

自室の鍵を開け、急いでベッドに座り、動画を再生しよう——と思う前に、誠にメールを送った。

「……無事に家に帰りました。また時間が空いたら会いたいです。これでよし」

メールを送信したら、今度は動画のばんだ。

十分ほどの長さで、最初からあられもない光景が映っている。

繋がっているところを少し上から撮っていて、揺すぶりながら誠の猛った性器が一郁の尻の奥へと深く挿入されている。出ていくとき、誠の肉竿に淫猥な筋が浮いているのが見えて、息が浅くなってしまう。

誠の左手が尻を強く摑み、指を食い込ませているのにも目を奪われた。

こんなにも求められていたのだ。

性交中だけに画面が上下に揺れるのも臨場感たっぷりで、誠の色濃く淫らなペニスに犯される動画に言葉もなく見入った。

これが、ついさっきまで挿っていたのだ。

「ここ、に……」

もぞりと身じろぎし、尻を浮かした。

『いいよ……一郁、きみのお尻、とてもエッチだ。俺のものを深く咥え込んで……あぁ、気持ちいいよ……』

『あっ、……う、……っく……』

スピーカーから流れ出る言葉に、かっと顔が熱くなる。

セックスの最中は誠を感じるので精一杯だから、自分でもなにを言っているのかうろ覚えだが、こんなにもいやらしい声を出していたとは。

誠の声も深みがあって、最高に卑猥だ。

「……っふ……」

動画を見ていたら熱がぶり返してしまい、ジーンズの前がきつくなる。

誰も見ているはずがないのだが、あたりを見回し、自分ひとりだとわかると、ジーンズの前を開き下着を無理やり押し下げ、とうに硬くなっていたペニスに指を巻きつけた。

「あ……」

びりびりと電流のような快感が足の爪先から頭のてっぺんまで走り抜ける。亀頭の割れ目から透明なしずくがあふれ出し、指を濡らす。

誠とのセックスを中断されてしまっただけに、どろりと濃い蜜のような情欲が身体の奥に

ある。

「ん、んっ、ん……誠、さん……っ」

動画を見ながら、強めに扱いた。

――これは誠さんの手。誠さんの指。

そう思うと余計に快感が募る。

誠が怒張したものを激しくピストンさせる動画に見入りながら、自分のそこを弄り回した。すごくいい。あっという間に達してしまいそうだ。

『……ほら、ほら、もっと飲み込んで、俺を受け入れて、一郁――一郁っ……！』

「あ、あ、誠さん、――誠さん、いく……っ！」

爪先をぎゅっと丸め、どっと手の中に射精した。

慌ててそばにあったティッシュボックスから数枚抜き取って性器を押さえ、ばたりとベッドに倒れ込んだ。

「……はぁ……」

頭の芯がまだ痺れている、誠とのセックスは媚薬《びやく》でも嗅《か》がされたみたいに、いつも夢中になってしまう。

「なにやってんだろ、俺……」

誠が撮ってくれた動画でひとり達したなんて知られたら、きっと笑われてしまうだろう。

もう少しそのままでいたかったが、シーツを少し汚してしまったこともあって、思いきって跳ね起きた。

清潔なシーツに交換し、風呂に入ってさっぱりと汗を流してから部屋に戻り、シャツのアイロンがけをしようとアイロン台を取り出した。

いまごろ、誠はマネージャーと事務所で取材の打ち合わせをしているのだろう。きっと、怜も一緒だ。実際にそうだと聞いていないけれど、彼らと深くつき合うようになってから、なんとなくふたりの行動がわかるようになった。

誠とのセックス動画があると知ったら、怜はなんと言うのだろう。たぶん、冷ややかな笑い方をしながら始めから終わりまで見て、『——では、私とのセックスを味わってください』と焚《た》きつけてくるに違いない。

どちらかと抱き合えば、もう片方が気になってたまらない。

いつの間に、こんなにも貪欲になったのだろう。ふたりから求められてどちらか一方に絞れきれず、誠と怜がやさしく受け止めてくれることに甘えて、アンバランスな関係を続けている。

——いつか、罰が当たりそうだな。

テレビをつけてアイロンをかけていても、頭の中は誠と怜のことでいっぱいだ。

アイロンがけを終えたら、怜にメールしてみよう。以前、バイト先のセレクトショップに来てくれたとき、ボルドーのシャツをいたく気に入ってくれていた。つい昨日、同じブランドの黒いコットンシャツが入荷し、凝った襟のデザインを一目見て、怜に似合いそうだと思ったのだ。

忙しいのに、ふたりともいつもまめに誘ってくれる。

——たまには俺から誘いたい。都合が悪かったら、また日を改めればいいんだし。

誠と怜、ふたりの間で揺れ動くこころはともかく、自分からも積極的に誘うことで、ふたりへの好意を示したかった。

それに、怜のオーディションがどうなったかも気になる。たぶんもう終わったはずだと思うので、どうなったか、そっと聞いてみたい。怜は不安がっていたが、絶対に合格するはずだ。狂気を孕んだ役を怜悧な美貌を持つ怜が演じると思うだけで、どきどきする。

そんなことを考えていたら、あっという間にアイロンがけが終わった。

怜に連絡したくて、こころが逸ったのだろうか。現金な自分に苦笑し、スマートフォンでメールの文面を打ち込んだ。

「……怜さん、こんばんは。お仕事の調子はいかがですか？　うちのお店に、怜さんに似合いそうなシャツが入ってきました。もしよかったら、また会いたいです。お忙しいと思いますが、お暇なときに、ご都合がつく日を教えてもらえれば嬉しいです。……うん、こんな感じかな」

一瞬、誠との動画のことを報告するかどうか迷った。秘めておくことはもちろんできるが、ひとの感情に聡《さと》い怜にかかれば、どんな秘密もたちまち暴かれてしまう気がする。

誠も、きっとバレてしまうと言っていたっけ。

メールで伝えるべきかどうなのか逡巡したのち、正直に打ち明けておこうという気になった。へたに隠して、怜の感情を害したくなかったのだ。

「……誠さんと抱き合いました。その最中の動画があるので、添付しておきます」

こんなことを報告するなんてどうかしていると思う。だが、常識では測れないところに、誠と怜、そして自分の三人はいるのだ。

破廉恥な動画を見て、怜はなにを感じるのか。

聞いてみたい。彼の冷たい声で諫《いさ》められながらも、責められたい。

はしたないことを考えている己をたしなめ、一郁は爆弾が仕込まれたようなメールを送信した。

返事が待ち遠しい。

忙しい彼のことだから、返事は明日以降になるだろう。そう思って寝る支度を整えていると、ベッドに置きっ放しにしていたスマートフォンが振動し始めた。

急いで手に取ると、やっぱり怜だ。

『こんばんは、今日も暑い一日でしたね。シャツのことですが、明後日《あさって》ちょうど時間が空くので、見に行きます。夜の七時頃になるかも。そういえば、オーディションは無事合格しましたよ。主役です。それと、大変刺激的な動画をありがとうございます。私を妬かせようというつもりですか？　何度も繰り返し見ていますが、あなたのお尻はほんとうに可愛くて淫らだ。いつか、私もあなたの中に挿りたい。誠よりもっと深くまで押し挿って、射精してあげますよ。――では、明後日、お店で直接会いましょう』

「れ、怜さんったら……」

赤裸々なメールに顔が熱い。

怜らしい冷静な言葉遣いには不思議な魔力があるようで、何度も何度も読み返してしまうぐらいだ。

とりあえず、『明後日お待ちしています』と返信し、浮き立つ気分で歯を磨きに洗面台の前に立った。

以前より、目の煌めきが強くなった自分が鏡の中にいる。取り立てて魅力なんてないとずっと思っていたが、親友の岩見が言うように、怜や誠とつき合うようになってから、まとう雰囲気が変わったのかもしれない。それがどんなものか、自分ではうまく言い表せないけれど、なにも知らなかった頃とは違う。

情欲を秘めた目を直視するのが気恥ずかしくて、うつむきながら歯を磨いた。

明後日になれば、怜に会える。シャツやニットを選ぶ彼につき添ったあとは、バイトが終わるのを待っていてもらい、一緒に食事にでも行こう。怜とふたりきりということにいまだ緊張してしまうから、ちょっとだけアルコールを入れたほうがいいだろう。

もしかしたら、意味深な目配せを受けるかもしれない。しなやかで美しい手に捕らえられるかもしれない。

「怜さん……。主役が取れたんだ。やっぱりすごい」

名前を呼ぶと、とくんと胸が鳴る。これが恋じゃなくてなんなのだろう。誠にも、その想いはある。

──いつか、ふたりへの想いをはっきりさせる日が来るんだろうか。

胸をときめかせながら、一郁はベッドに入り、瞼《まぶた》を閉じた。誠と怜、ふたりが夢に出てきてくれるように願いながら。

だが、二日後、怜は店に来なかった。

最初は、ただ単に遅れているだけなのだろうと思っていた。

怜が来ると考えただけで落ち着かず、六時頃からバックヤードと店内を行ったり来たりした。日々、新しい秋物、それに冬物もちらほら入荷してきて、店は賑やかになっている。とくに今期はニットが豊富だ。毛玉ができやすい繊細な素材だから、自然と扱う手つきも慎重になる。一郁が好きな青や深緑といった色合いのニットをきちんと畳む。

——怜さんにも似合いそうだな。こっちのオフホワイトのざっくりしたタートルネックは誠さんにぴったりかも。

好きな相手を思い浮かべながら品々に触れた。

——好きな相手、か。

出会いこそ衝撃的なものであったが、知れば知るほど彼らに惹かれていく。人気モデルの彼らと自分とでは差がありすぎるとも思うのだけれど、想いを隠すことはできない。

積極的で明るい誠。慎重派で、いざとなると大胆な怜。

まったく異なる魅力を持つふたりに惹かれてしまい、目が離せない。

いつか彼らに、どちらかを選ぶように迫られるのだろうか。

——それとも、俺が飽きられるとか……。

ずきりと胸を刺されるような痛みが走る。

求められるより、捨てられる可能性のほうが高いんじゃないだろうか。だって自分は至って平凡な学生で、将来の仕事もいまだ決まっていない。ずっと求職サイトはチェックしているが、いまは四大卒でもなかなか就職できない氷河期だ。

セレクトショップの店長は、「卒業後もうちで働いてよ」と言ってくれる。その言葉はとても嬉しいが、編集者になるという夢は捨てきれない。

はぁ、とため息をついて腕時計を見ると、七時十五分を過ぎている。

怜は七時頃に来ると言っていた。

きっと、仕事が押しているのだろう。

そう考えて、ほかの客に新作をお薦めしたり、バックヤードを片づけたりしているうちに、たちまち八時になってしまった。

電話もメールもない。

「どうしたんだろ……こんなことなかったのに」

困惑し、どうしたのかとメールを送ろうとしたが、少し考えてやめた。

几帳面な怜のことだ。連絡が来ないということは、それだけ忙しいのだろう。

こちらはただ会えれば嬉しいというだけだし、邪魔をしたくない。

だけど、なにも話さずに今日を終えてしまうのはやっぱり寂しいから、店を閉めたあと、短いメールを送ることにした。

『怜さん、お疲れ様です。お忙しいようですが、身体には気をつけてくださいね。また、スタジオにお邪魔できる機会があったら、スタミナ満点のお弁当を持っていきます』

メールを送信し、夜道をとぼとぼと帰った。

今日、怜に会えると信じて疑わなかったから、ちょっと気が重い。

抱き合わなくても、会えるだけでいい。他愛ない話をして、一緒になにか食べる時間を共有したかったのだと気づいて、すっかり怜たちに恋している自分に苦笑した。

誠からもなんの連絡もない。ふたりそろっての仕事なのだろうか。

切ない気持ちでスーパーに寄って買い物をし、アパートに戻ってから、ひとりの食卓の用意をした。あまり食欲がないから、ぱぱっとできるオムライスにした。たまに、無性にケチャップ味のごはんが食べたくなる。トマトとルッコラのサラダは岩塩を振るだけで美味しい。

そういえば、以前怜と食事をしたとき、トマトが大好きだと言っていたことがあったっけ。いまは甘くて食べやすいフルーツトマトがたくさん出ているから、一郁もよく買う。

食事を終え、風呂が沸くまでの間、ぼんやりとテレビを観た。

べつに、観たい番組があるわけではない。その証拠に、スマートフォンをそばに置いている。

いまにも鳴り出しそうで、だけど静まり返っているスマートフォンを恨めしげに見つめ、諦めて風呂に入ろうと腰を上げると、突然スマートフォンが振動する。

慌てて画面を見て、はぁ、と肩を落とした、
メールの差出人は、岩見だ。

明明後日《しあさって》、講義が終わったら表参道でショッピングをしようと書いてある。

「学校で言えばいいのに」

苦笑いし、もちろんOKという返事を送った。

それっきり、スマートフォンは静かになった。

「怜さん……誠さん」

呟いてベッドにもたれ、天井を見上げた。

こんなにも、こころを奪われるなんて。


「なあなあ、このニット、ネイビーとグレージュ、どっちが俺に似合うかな」

「うーん。紺色は岩見にしっくり来ると思うんだけど、結構この色の服持ってないか？」

「言われてみればそうかも。ついつい好きで紺色やカーキばかり買っちゃうんだよな」

「グレージュも似合うと思う。一枚で着てもいいし、持ってる紺色のシャツを合わせてもいいし。案外合わせやすい色だよ。岩見ぐらい男前だったら、着こなせるよ」

「おだててもなにも出ないぞ」

「おだててないって」

一郁が笑いかけると、岩見はまぶしそうな顔を見せ、「うん」と頷く。

「さすが、ショップ店員だけあるな。勧め方が上手だ。じゃ、今度はおまえのシャツを見ないか？　さっきから気になってたんだけど、そこにある薄いパープルのシャツか、イエローのシャツ、絶対におまえに似合うと思う。どっちかどうだ？」

岩見と一郁は、学校帰り、表参道のショップを巡り歩いていた。いつもバイト先で買い物をすませてしまうので、違う店をのぞくのは新鮮だ。

岩見にシャツを見立ててもらう間も、誠と怜のことがどうしても頭から離れなかった。

三日前、怜にメールを送ったが、返事はいまだ来ていない。まめな誠からも電話はなく、メールも来なかった。

片方が忙しくて、片方が連絡をしてくれるというパターンならいままでに何度もあった。だが、ふたりいっぺんに連絡をしてこないというのは初めてで、不安ばかりが募る。

「……一郁、おい、一郁ったら」

「あ、……あ、ごめん。ちょっとぼうっとしてた」

パープルとイエローのシャツを持ったまま物思いに耽っていた一郁の頭を、岩見がこつんと軽く叩く。

「考えごとか。もしかして、前に話してた相手か？」

「ん……」

「どうしたんだよ。俺でよければ話、聞くぜ」

岩見は心配そうな顔でのぞき込んでくる。

その顔を見つめてから、手元のシャツに視線を落とす。

パープルとイエロー。まったく違う色だけれど、どちらも魅力的だ。怜と誠のように。

――どっちもほしいなんて欲張りなことを考えていたから、彼らに呆れられたんだろうか。

ため息をつき、シャツを綺麗に畳んで棚に戻した。

シャツを吟味できる頭ではないけれど、せっかくだから綺麗な青と白のハンカチを一枚ずつ買った。

「岩見、よかったら、どこかでお茶しながら……話、聞いてくれるか？」

「もちろん」

快諾してくれた岩見がニットの会計をすませ、並んで店を出た。

いつものカフェなら、ゆっくり話ができる。

表参道の大通りから一本奥に入ったところにあるカフェに入り、岩見はアイスコーヒーを、一郁はライムスカッシュを注文した。

――なにをどう言えばいいんだろう。いままでのように、相手の正体はぼかして、相談してみようか。それとも……。

向かい合わせに座った岩見と、なんとはなしに見つめ合う。

見慣れた、親友の顔だ。一郁を案じるかのような真剣な瞳の色に、腹が決まった。

飲み物が運ばれてきた。ライムスカッシュで渇いた喉を潤し、「——岩見」と言う。

「俺、つき合ってるひとがいるって話はしたよな」

「ああ、うん。もしかして、恋人とうまくいってないとか？」

「恋人……なのかどうか、俺もよくわからないんだけど……沖縄で出会って、いまでもつき合いが続いてる。相手はふたりとも……その、じつは……男、なんだ」

「え？」

案の定、岩見は目を丸くしている。思ってもみない切り出し方だったのだろう。

「男、なんだ……そうか、……そうなのか」

茫然《ぼうぜん》としている岩見を見ていたら、なんだか力が抜けた。苦笑してライムスカッシュを飲み、グラスについた冷たい水滴を指でなぞる。

「ふたりとも、素敵なんだ。双子で、昔からふたりで同じ仕事をしてきたらしい。たまたま沖縄のクラブで出会った俺をなんでか気に入ってくれて……いままでつき合いが続いてきたんだけど、ここ最近、ちょっと連絡が取れないんだ」

「どうして。仕事が忙しいとかじゃないのか？」

「うん。それも考えた……なんていうか、うまく言えないんだけど、いままでは仕事が忙しくてもまめに連絡をくれたひとたちなんだ。それが、数日前からぱったり連絡がなくなってしまって」

「ふたりとも？」

「ふたりとも」

意気消沈した一郁に、岩見はなんと返していいか戸惑った顔だ。恋した相手は男で、しかもふたりいると言われて、なにをどう返せばいいのかわからないのだろう。

だが、岩見はアイスコーヒーを一口飲み、ふっと微笑んだ。

「おまえ、そのひとたちのこと、好きで好きでたまらないんだな」

「……え」

「なんか、恋してるって感じだ。俺が言うのもなんだけど――大丈夫だよ、きっと。たぶんめちゃくちゃ忙しいだろうし、たとえば出張で、東京を離れてるとかなんじゃないのか？」

「そっか……それで連絡できないのかな」

「そうだよ。俺たちもわりとしょっちゅう会ってるけど、連絡が止まることだってあるし。一か月二か月連絡が取れないんだったら心配してもいいけど、まだ数日だろ？　もう少し待ってもいいと思うぜ」

「……同性と恋するのって初めてだから、いろんなことがわからなくなる。もう、飽きられたのかとか、邪魔になったのかとか考えてしまって。それに俺、まだ就職先が決まってないし」

「それは、異性同性関係なく迷うだろ。好意を寄せている相手にどう思われているか、気になってたまらなくなる。一緒に会っているときは嬉しくて夢中なのに、離れたとたん寂しくなる。ひとを好きになるってそういうことだろ。あと、仕事のことは……、おまえが一生懸命やってることが絶対伝わるから、めげるな。いまだってセレクトショップで頑張ってるじゃないか。俺はおまえの言葉を信じてニットを買ったんだぞ」

「……岩見、すごいな。俺より全然上手だ」

「それはもう。振られた数をかぞえたら両手でも足りない」

くすりと笑い、「……ありがとな」と一郁はうつむいた。

「夢中にさせてる女の子はもっと上回るだろ？」

「同性とつき合ってる話……もっと驚かれて、気持ち悪がられるかと思った」

「そりゃ……、びっくりしたよ」

気が抜けたように、岩見はくすくすと笑う。

「いままでおまえ、女の子とつき合ってるもんだとばかり思ってたから。でも、一生懸命に話してるおまえを見て、異性か同性か、区別することないのかもなと思ったよ。ひとの気持ちに違いはないいんじゃないかな。なにより、一郁が自分の気持ちに正直になることが大事だろ」

「うん……。あの、相談ついでに甘えてもいいかな」

「なんだなんだ。言ってみろ」

「岩見だったら、このあとどうする？　相手から連絡が来るまでじっと待つ？　それとも、自分から積極的に行く？」

「悩むよな……。相手は仕事してるんだし、邪魔しちゃいけないと思うけど……うーん、俺だったら、迷惑なのを承知で、相手の自宅か、会社を訪ねるかな。会社だったら、同僚か上司がいるんだろ？　仕事のスケジュールを訊ねるのぐらい悪いことじゃないんだし、丁寧に聞けばきっと教えてくれるんじゃないかな」

「そうかな、……うん、そうかも。ありがとう、岩見。元気、出た。これから、訪ねてみるよ」

「もしひとりで不安なら、俺もついて行こうか？」

親切な友人に一郁は微笑み、「大丈夫」と言って頷いた。

「そこまでおまえを巻き込むのは悪いし。でも、ちゃんと結果報告するよ。……もし、俺が失恋したら、岩見、慰めてくれよ」

「そんなことになったら、俺がおまえの彼氏に立候補する」

笑いながら言う岩見に、もう一度、「ありがとう」と言ってレシートを摑んで席を立った。

「ここは俺のおごり。話を聞いてくれたお礼に」

「サンキュ。今度は美味しいものでも食べに行こうぜ」

「うん」

デリケートな話を聞いてくれたうえで、親友でいてくれる岩見を見上げ、誇らしい気持ちになる。その横顔に嫌悪感はちらりともなく、いつもの岩見らしい余裕ある笑みが浮かんでいる。

勇気をもらえた気分で、一郁は岩見と肩を並べて店を出た。


「頑張れよ」と励ましてくれた岩見とカフェの前で別れたあと、一郁は大通りに出た。

誠と怜が所属する事務所は、表参道からすぐの青山《あおやま》にある。以前、名刺をもらっていたから、場所はだいたい知っていた。

突然訪ねていって失礼にならないかどうかかなり悩んだが、ふたりがどうしているか教えてもらえればそれでいい。もしかしたら、岩見の言うとおり、仕事で東京を離れているのかもしれないのだし。

メタリックな銀色のビルに、誠たちの事務所は入っているようだ。

財布に大切にしまっておいた名刺の住所とビルの名前を何度も見比べ、「……よし」と意を決して中に入って行った。

五階のフロアには受付嬢がいたので正直に名前を名乗り、「伊達誠さんか、怜さんにお会いしたいのですが」と言った。

「どんなご用件ですか？」

聞かれるとは思っていたが、いざ答えるとなるとどうしようと考えてしまう。

だが、ためらっている場合ではない。

「あの――じつは以前、カフェでお会いしたときにハンカチをお借りしてしまって。お返ししようと思って来ました」

さっきの店でハンカチを買っておいてよかった。受付嬢に見せるように、ショップの紙袋を掲げた。

「かしこまりました。そちらのソファにおかけになって、少々お待ちくださいませ」

「はい」

頷き、真っ白なソファに腰掛けた。銀色のパイプに白い生地を組み合わせたモダンなデザインだ。モデル事務所なんて生まれて初めて来たが、雑然とした様子はなく、どことなく洒落た雰囲気だ。

怜、もしくは誠のどちらかがいてくれるだろうか。

ちょうど、さっき買ったハンカチは綺麗に包装されている。いきなり押しかけたことへの詫《わ》びとして、彼らに会えたらこれを渡そう。

そんなことを考えていると、ふっと目の前に黒い影が落ちた。

「――きみは……確か、スタジオに来ていた子だな？」

冷たい声に慌てて顔を上げると、眼鏡をかけて気難しい顔をした男が立っていた。

怜たちのマネージャー、元成だ。紺地のスーツが細身の体軀《たいく》にぴしりとはまり、非の打ち所がない。メタルフレームの眼鏡をかけているが、端整な面差しをしていて、彼自身、モデルとして活躍していてもおかしくないほどだ。

だが、元成にはある種の威圧感がある。誠は気さくだし、怜も冷ややかではあるが、話しかけられないというのではない。元成は彼らをコントロールする立場だけに、それ相応の威厳をまとっているのだろう。

一郁は深く頭を下げた。

「突然お訪ねしてすみません。……怜さんか、誠さんにお会いできないかと思って」

「どういう用件で？」

受付嬢から聞いているだろうに、同じことを聞いてくる元成の声は感情が読み取りにくい。

「ハンカチをお借りしているんです。新しいものを買ってきたので、お返しできたらいいなと思って」

「その必要はない」

ばっさり切り捨てられ、啞然とした。

受け取ってもらえない、ということなのだろうか。

このまま帰れと言われそうで怖くて、急いた口調で聞いた。

「あの……誠さんと、怜さんは……」

「いまは不在だ。……ちょうどいい。きみに話しておきたかったことがある。来たまえ」

「は、はい」

さっさと先を歩く元成のあとをついて行き、フロアの奥にある小綺麗な小部屋に入った。打ち合わせをするときに使う場所なのだろう。

「なにか飲み物は？」

「いえ、あの……」

辞退しようとしたのだが、じろりと睨めつけられて身体がすくむ。

しかし、ただ怖じけているだけでは話が進まない。

「差し支えなければ、お茶か、コーヒーをいただけますか」

「では、アイスコーヒーを持ってこさせよう。インスタントで申し訳ないが」

元成は小部屋の扉を開けて、近くを通りかかった女性にアイスコーヒーをふたつ持ってくるよう命じている。

その声音からして、元成はこの事務所の中でも相当の力を持っていることがうかがえた。

すぐに、グラスに入ったアイスコーヒーが運ばれてきた。

「誠たちなら、いま、ローマに撮影旅行だ。しばらく帰ってこられない」

「そうなんですか。元成さんは同行されなかったんですか？」

「私は別件で仕事が入っていてね。サブマネージャーがつき添っている」

自分そのものが被写体となるのがモデルという仕事だ。日本国内だけではなく、海外での仕事も多いのだろう。やはり、誠たちの実力はかなりのものだ。

「ガムシロップとミルクは？」

「いえ、結構です」

強面に見えて、元成には意外と親切なところもあるのだろうか。

だが、次の瞬間、元成はぎらりとした目を向けてきた。

「きみは誠と怜、ふたりとつき合っているようだな――それも、深い関係で」

「……っ」

単刀直入に切り込んでくる元成に、絶句した。

まさか、知られていたなんて。

誠や怜とは、派手につき合っていたのではない。確かに外で会い、食事や買い物をすることはあったけれど、ベッドの中のこととなるとふたりとも慎重になってくれた。男同士で抱き合うことを秘密にしたほうがいいという考えがあったのだろう。ホテルに入るときも、自宅に連れ帰ってくれるときも、いつも注意を払ってくれた。

「俺は、その……」

慎重にならなければ、ふたりとの関係を認めてしまう恐れがあったが、厳しい声音の元成に隠し通せるとは到底思えない。

「きみと誠が新宿の映画館のトイレにふたりきりでこもっていたところを、偶然、うちのスタッフが見かけたんだ。三十分以上出てこなかったそうだな。だから私が電話をかけて、誠を呼び戻したんだ」

映画館でのことを取り沙汰されて、顔が真っ赤になる。あのときの誠は少し強引だったけれど、ついて行った自分にだって責任はある。

トイレで抱き合っている最中、事務所から突然電話がかかってきたのは、そういうことだったのか。

「スタジオに来たときから怪しいとは思っていたが……怜まで陥落させるとはな。どういう手を使った？　その身体でたらし込んだのか」

「そ、それは……」

「言葉遣いはまあ丁寧だし、顔も地味だがそこそこのものだ……M大に行ってると言ってたな。学生はセックスよりも勉学が本業ではないのか？　きみは確か四年生だろう。就職活動はもう終わったのか」

「い、……いえ、まだです」

「だったら男と遊んでいる場合じゃないのは、他人の私が言わなくてもわかることだと思うが」

強い視線で射竦《いすく》められ、うつむきたいのを堪えて必死に顔を上げた。

バレてしまったものを取りつくろうことはできない。だけど、ここで、逃げることもしたくない。

──俺は、俺の意思で彼らとつき合ってるんだ。

「出会いはどこだったんだ」

「……沖縄です」

「なるほど、あのロケのときか。最終日に、確かふたりで外に食事に行くと言って出て行ったな……。見張りをつけておくんだった。きみのほうから声をかけたのか？」

「──あの、……誠さんたちの、ほうから……です」

「美形のモデルふたりに声をかけられて有頂天になったか」

鼻で笑われて、かっと身体が熱くなる。

侮辱されているということはわかる。だが、相手は年上の男性だ。それに、誠たちのマネージャーだ。大人の男と堂々と張り合えるほどの強い武器は持っていないし、失礼なことは言えないとぐっとくちびるを嚙んだ。

——もし俺が社会人だったら、なにか違ったんだろうか。

黙り込む一郁に、元成は眉根を寄せる。

「ひたむきそうなところが誠たちの気を惹いたか……。彼らはいつも自分と同じぐらいか、もしくはもっと美しいものを日々目にしている。だから、きみの地味さがたまたま目につい て、興味深かったんだろう。彼らがきみに声をかけた理由は、それだけだ」

「でも……！」

物めずらしさで声をかけてきた——確かに、そうかもしれない。自分だって、いまだに誠たちがどうして声をかけてくれたのだろうと不思議に思っていたからだ。

「最初は、めずらしいからだったかもしれません。だけど……東京に帰ってきてもつき合いが続いたのは……」

「呼び出したらすぐに来るセックスフレンド、だからだろう?」

鋭い笑い方が胸をぐさりと深く刺す。

言い返すことが、どうしても、どうしてもできない。

——そうだった、のかもしれないから。

誠と怜、彼らと会うと、たいてい抱き合った。激しく愛してくれる誠の抱擁も、落ち着いた怜のキスも、どちらも選べなくて自分からつき合いを絶つなんてとてもできなかった。

誠と怜、ふたりをいつの間にかこころから深く愛していたからだ。

――だから、いま、こんな情けないことになっているんだろうけれど。

元成の言葉が真実かどうかはわからないが、当たっていないわけでもないだろう。

いつでも呼び出せて、替えが利くセックスフレンド。

それが自分のつまらない正体なのだろうか。自分という人間がたちまち色褪《いろあ》せて見えるほど、元成の言葉は威力があった。

「きみは一線を越えたようだな。ここではっきり忠告をしておくが、きみと誠たちとでは生きる世界が違うんだ。実際、彼らから声をかけたんだろうが、しつこいきみに辟易《へきえき》していて、なかなか言葉にできなかったんだろう。ここ最近、どうしてふたりから連絡がなかったかわかるか？　日本を離れているせいだけじゃない、迷惑なんだ。――私が彼らの代わりに言おう。これ以上、入り込んでくるのはやめてくれ」

「俺……、おれは、……」

血が滲むほどくちびるを噛んでいないと、涙がこぼれそうだ。

連絡が取れなかったのは、迷惑だと思われていたせいか。

そう考えれば合点がいく。あれほど密に会っていたのに、いきなり会えなくなるなんてちょっと不思議だと自分でも思っていたのだ。

そのことにマネージャーの元成は敏感に気づいていて、恋人気取りの自分はただただ誠た

ちに舞い上がっていてなにも見えていなかったのかもしれない。

元成の言葉が尖った石つぶてのように痛い。

「……すみません、……俺、帰ります」

「もう来ないでくれ。スタジオにも、ここにも」

「……はい」

打ちのめされ、声が嗄《か》れた。

元成は言いたいだけ言って満足したらしく、一郁を受付の外まで見送ると、さっさと戻って行った。

ここまでひどい目に遭うなんて、思いもしなかった。

誠たちが直接ふってくれたほうがどれだけましだっただろう。

――だけど、きっと、誠さんたちはやさしいから言い出せなかったんだ。俺が無神経につけ込んでいただけで。

ビルを出て、地下鉄の駅へとふらふら向かった。

頬が熱い。

いつの間にか、幾筋もの涙が頬を流れ落ちていた。

元成の言葉が痛いのではない。鈍感な自分に嫌気が差しているだけだ。

もう陽は落ちていたから好奇の目を集めることはなかったが、ときどき立ち止まって頬を擦る一郁に視線を流してくるひとがいることに気づき、急いで地下鉄へと走った。

数日は泣いて過ごした。男らしくないと自分をなじったが、ふとしたときに誠たちのことを考えてしまう。

朗らかな笑顔が素敵だった誠に、じつは疎んじられていたのだろうか。

冷たい美貌に惹かれた怜に、内心煙たがられていたのだろうか。

「だめだ……こんなに泣いたら瞼腫れる……」

怜たちの事務所を訪れたのが、金曜日。土曜日、日曜日とずっと部屋にこもり、ぼうっとしていた。食欲もなくて、冷蔵庫にあった牛乳を飲んだぐらいだ。

何度か泣きやもうと顔を洗ったのだが、効果はなくて、ふっとうつむくと涙がこぼれてしまう。

明日の月曜日は講義がないし、バイトもない。このままふて寝してもいいのだが、寝る前に氷を瞼にあてておかないと、悲惨なことになりそうだ。

岩見に電話すれば、きっと心配して駆けつけてくれるだろう。この間、誠たちのことを打ち明けたばかりだ。

だが、まだ、ひとに言えるほどの気力がない。元成のきつい言葉を思い出すだけで、こころが挫《くじ》ける。

――もう会えない。会っちゃいけない。迷惑になってしまうから。

そう思えば思うほど、会いたくなるのはどうしてなのか。誠のやさしい笑顔も、怜の綺麗な笑い方も、まだこの胸に残っている。

初めて知り合ったときから、ずっと惹かれていた。好き、という言葉で表現したことがなかったのを深く悔やむぐらいだ。そう言ったところで、相手は遊びだという意識を変えなかったかもしれないけれど。旅先で恋に落ち、東京に戻ってきたところでもまだ夢が続いたことは忘れたくない。

ひとりきりなのがつらくて、つけっ放しのテレビでは、日曜夜のニュース番組をやっている。政治や経済、社会問題を扱ったあと、芸能ニュースに切り替わった。

一郁は立ち上がり、冷蔵庫の中にあったヨーグルトを探し出し、賞味期限を確かめてから、立ったまま食べ始めた。好物のはずなのに、なんだか味がしない。

「……今度の新曲が楽しみですね。では、次のニュースです。現在、ローマで自身初の写真集の撮影に挑んでいる伊達怜と誠の双子兄弟。ふたりは充実した撮影を終え、明日、パリに飛び、一週間後に帰国の予定です。インタビューが入りましたので、ご覧ください」

最初はなにを言っているのか、さっぱり意味がわからなかった。

惚《ほう》けた顔でテレビを見ると、どこかのホテルの一室らしい場所で、ソファに座る誠と怜が映っている。

「怜、……さん、……誠さん！」

思わずテレビに囓りついた。

久しぶりに見るふたりはきりっとしたスーツ姿だった。怜がグレーで、誠がネイビー。それぞれの芯の強さを引き出すかのような色のスーツは端整な顔立ちの彼らにふさわしい。きっと腕のいいスタイリストがついているのだろう。

女性記者の質問にふたりはなめらかに受け答えし、ときおり、笑い声を立てる場面もあった。

堂々とした誠と怜をテレビ越しに見て、遠いひとなのだと実感する。

しかも、写真集が出せるモデルなんて、ほんのひと握りだ。央剛舎の『エイダ』を諦めきれずいまだ雑誌を買っているから、いやでも芸能関係の情報は入ってくる。

双子で、だけど違った個性を持つ誠と怜は、これからもっともっと伸びていく逸材なのだろう。だからこそ、元成はいまのうちから一郁という邪魔な芽を摘んだのだ。輝かしいスタートを切るメンズモデルが、同性とつき合っていたなんてマスコミの耳に入ったらどうなるかわかったものではない。

そのマスコミの世界に一郁は行きたいと願っているのだから、皮肉なのかもしれないが。

——元成さんの言うとおり、違う世界のひとなんだ。

「今回の写真集が発売されたら、日本各地でサイン会が行われますね。たくさんのファンが誠さんと怜さんを待っていると思いますが、まずはどなたにこの写真集を届けたいですか?」

女性記者の問いかけに、それまでにこやかな顔をしていた誠が一転して真面目な顔をする。

「僕のとても大事なひとに見てもらいたいです」

まっすぐカメラを見つめる誠と一瞬視線が合ったような錯覚に陥り、つい、テレビ画面に手を伸ばしてしまった。

「大事なひととは、気になる発言ですねぇ」

「私と誠にとって、家族とも言えるような大切な存在なので。そのひとの存在があったからこそ、今回の過密スケジュールも乗り越えられるのだと思っています」

怜が微笑を浮かべたことで、女性記者も「なるほど」と頷く。

「帰国が楽しみですね。今後のご活躍を期待しています」

笑顔のふたりが画面のこっちに向かって手を振っている。まるで、手を繋げそうなのに。

インタビューが終わって次のニュースに切り替わっても、まだ茫然としていた。

この身体を抱いてくれたひとたちは、いま、とても遠いところにいる。距離的にも、立場的にも。

「誠さん……、怜、さん……」

テレビを見つめ、呟いた。

いまのインタビューはきっと録画だろうから、ふたりはすでにパリへと飛んでいるのかもしれない。

強い想いが胸に生まれる。

——会いたい。もう一度だけ。会って、顔が見たい。話ができたらいいんだろうけど、贅沢は言わない。遠くからでもいいから、ふたりの元気な顔が見られたら。

もし、もしも、万が一願いが叶ったとして直接言葉が交わせるとしたら、なにが言いたいだろう。なにを伝えたいだろう。

テレビは賑やかなコマーシャルを流している。新発売の飲み物、新しい車。怜や誠も、いつかコマーシャルに出る日が来るだろう。ふたりの個性なら、どこの企業もほしがりそうだ。

——俺だって、ほんとうはほしい。誠さんと怜さんがほしいと思ってる。身分違いだってわかってるけど……。

インタビューでは、ふたりは一週間後に帰国すると言っていた。成田《なりた》空港に行けば、姿を見ることができるだろうか。

——そのときに、落ち込んだままの俺でいるのはいやだ。怜さんも誠さんも、精一杯努力している。俺だって、なにかできるはずだ。

諦めなければ、輝けるはずだ。

誠と怜、ふたりに惹かれたのは見た目がよかったからというだけじゃない。モデルという仕事に真剣に打ち込んでいる彼らを垣間見る機会があった。

命が短いと言われるメンズモデルだが、怜も誠も突出した魅力を持っていた。怜は映画のオーディションに見事合格したし、誠も明るい性格を生かしてもっとメディアに出ていくだろう。

華やかに見える彼らがどれだけ努力していまの体型を維持し、深みのある表情が作れるようにさまざまな本や映画に触れているか、一郁は知っている。

積み重ねる力こそが才能なのだと、誠と怜は教えてくれた気がする。

——俺も。

少しの間でも交わった仲だ。こころを揺り動かした自分を貶《おとし》めず、認めて、次のステップに進みたい。

——きっと、ずっと、好きだ。誠さんのことも、怜さんのことも、忘れられない。忘れなくていいから、俺も可能性を摑むんだ。

ひとつ頷き、一郁は真剣な顔でノートパソコンを開いた。

その日は、朝早めに成田空港に向かった。

何時のどの便で帰ってくるかということまではわからなかったので、パリからの飛行機を調べ、午後三時頃の便に狙いを定めることにした。そのほかにも便は数多くあったので、一応、到着口に足を運んだが、どれも穏やかなものだった。

なぜ、午後三時の便で帰ってくると決めたのかと言えば、勘としか言いようがない。

ふたりと触れ合い、情を交わした。まだ身体のあちこちに残る彼らの感触に従ったと言えばいいかもしれない。

思い過ごしだったら、それまでなのだが。

ともかく、勘を信じることにして、空港内のカフェで時間を潰すついでに、昼食を取った。

今日の服装は、十月の晴れた日にふさわしく、マスタードイエローのシャツに、少し気の早いチョコレート色のコーデュロイジャケットとジーンズを選んだ。濃い色のスラックスにしようかぎりぎりまで迷ったが、清潔で爽やか、そして学生らしさを大切にすることにした。可能性は求めたいけれど、背伸びをしすぎてもよくない。いまの自分らしい恰好で、怜と誠に会いたい。

もしも、彼らとひと言でも話せるチャンスがあったら、伝えたいことがあるのだ。

そのことを胸で温めながら、コーヒーをゆっくり飲んだ。早く会いたいような、もっとゆっくりでもいいような、複雑な気分だ。

——だって、会ったら、それでもうこのときが終わってしまう。俺はただの一般人で、怜さんたちは手の届かない存在だ。

油断するとこころがまた挫けてしまいそうだから、努めて楽しいことを考えるようにした。自分にしてはいい報せを摑んだこと。今日の服装の組み合わせが気に入っていること。いま飲んでいるコーヒーがとても美味しいこと。

時間はたちまち過ぎていき、午後二時を回る頃には一郁はカフェを出て目的の到着口へと向かった。

勘が見事当たったようだ。目指す搭乗口には大勢の女性が群がっていて、誰かを待っているらしい。念のために、近くの女性に「すみません」と声をかけた。

「どなたを待ってらっしゃるんですか」

「伊達兄弟ですよ。今日、パリから帰国してくるんです」

嬉しそうに答えてくれた女性に、「ありがとうございます」と頭を下げた。

あとはもう、運任せだ。たぶん、出迎えにはあの元成も来るだろう。ローマ、パリでの撮影を無事終えた怜たちをねぎらうために。散々ひどいことを言われたが、それだけ誠たちのマネジメントに力を入れているのだと思うと、やはりきらいにはなれない。

——元成さんには元成さんの立場があるんだろうから。

先に来ていた女性ファンのしんがりにつき、飛行機の到着を待った。

誠か怜、どちらかと目が合ってくれないかなと思う。そうしたら、ひと言だけ想いを伝えて、この場を立ち去る。

なんて言うと格好いいが、きっとそれ以上視線を絡めていたら、余計なことを口走りそうだからだ。

刻々と時間が過ぎていく。

待ち望んだ三時になり、二十分ほど過ぎた頃、前のほうから、わあっと歓声が聞こえてきた。

「伊達くんだ！」

「ふたりとも帰ってきたんだ。お帰りなさい！」

「おかえりー誠さーん！　写真集楽しみにしてます」

「怜さん、こっちこっち！」

一瞬にして熱狂的な渦が広がり、周囲のひともなにごとかと目を向ける。

爪先立ちをした一郁の目に、サングラスをかけた誠と怜の姿が映った。ふたりとも、少しだけ髪が伸びたようだ。サングラスにかかる前髪をかき上げる誠の仕草は以前よりもぐっと洗練されていて、ヨーロッパのいい空気を吸収したのだろうと思える。隣の怜も顔つきがシャープになり、ほんの少し立てた黒いシャツの襟が綺麗な肌に映えて色っぽい。

ふたりは長時間のフライトの疲れも見せずにこやかにファンに手を振っている。サインや握手を求められ、気軽に応じることもしている。

いかにも芸能人という姿に、臆《おく》しそうだ。

彼らの背後に、元成が見えた。

一瞬、びくっと反応して首をすくめたけれど、ここまで来てなにも言わないで帰るわけにはいかない。

「あ、……あの、……」

精一杯背伸びして、手を振った。元成に見つかったら即座に引きずり出されそうだ。その前に、怜か誠が気づいてくれれば。

「——まこと、さん、……怜、さん」

もっとはっきりと呼んだはずなのに、実際は極度に緊張して掠れた声で呼びかけたときだった。

サインを終えた誠が不意に振り向き、はっとした顔でサングラスをずり上げ、こちらに向かってつかつかと足早に歩いてきた。

ただごとではない様子に、どよめきが広がる。

「——一郁……!」

目の前で立ち止まった男が誠だとわかったとたん強く腰を抱き寄せられ、一気に激しいディープキスで口内をむさぼられた。

「……ん……ッ！」

「わ、わ、わ、誠さんが男とキス⁉」

「なに、やだ、なんなの！」

いっせいに悲鳴が上がる中、だけど一郁はしっかりと抱き締められてしまい、逃れようにも逃れられない。なんとか厚い胸板を押し返そうとしたのだが、そうすればするほど、誠はきつく抱き締めてくる。

「ずっと会いたかったんだ……ずっときみのことだけを考えてた」

「――こら、誠。いくら映画の演出だからといって、ちょっとやりすぎですよ」

冷静な声が割って入り、ようやく、誠の熱いくちびるが離れる。いまにも唸り出しそうな顔だが、隣にいる怜に肘でつつかれ、自分が置かれている状況をなんとか把握したようだ。

誠は一郁の肩を抱き、突然のキスシーンにただただ目を丸くしている女性ファンに向かって頭を下げる。

「ごめん。怜の言うとおり、今度、俺、怜と一緒に映画に出るんだ。その中に結構ハードなキスシーンがあって……どれぐらい激しくすればみんなの目を惹きつけられるだろうと考えて、思わず彼相手にテストしてみました。お騒がせしました！」

「映画については、いずれ発表があると思いますので、待っていてください。私も、誠も、精一杯頑張ります」

誠の言葉に女性ファンたちは度胆を抜かれたようだが、怜の落ち着いた言葉で納得したらしく、少しずつ拍手が生まれ、その音はしだいに大きくなっていった。

「誠くん、怜さん、映画頑張って。絶対に観に行きます」

「ラブシーンもめちゃめちゃ楽しみにしてますね！」

キスの練習台にされた一郁は茫然としたままだったけれど、肩を抱いてくれる誠の手が温かいことに、胸がじんとなる。

ちょうど怜と誠に挟まれていたから、このときとばかり、ふたりを交互に見ながら言った。

「怜さん、誠さん。俺、央剛舎のバイトに受かったんです」

「嘘、もしかして『エイダ』の？」

「はい」

「やりましたね！」

誠も怜も興奮したような笑顔で、一郁の拳に拳を軽くぶつけてくる。

そうなのだ。誠たちが帰国するまでの一週間、自分なりになにかできないかとあがいていたとき、偶然、央剛舎『エイダ』編集部のサイトで、編集補助のバイトを募っているのを見つけた。

雑誌作りに興味があればどなたでも、と書いてあったので、一度、就活で落ちていることを素直に打ち明け、「どうしても貴誌で働きたいと思っております」と熱っぽいメールを書いた。

その返事が昨日電話で届き、結果はなんと合格だった。

バイトだけれど、自分で必死になって摑んだチャンスだ。

「電話で合格を伝えられたんです。しばらくは結構忙しいことになるけど、大丈夫かと聞かれたので、頑張りますと答えました。その、『エイダ』では、編集補助として仕事を学ぶうちに、正社員として起用されるケースも多いと聞いたので、──俺、頑張ります。誠さんと怜さんに負けないように」

「きみはめちゃくちゃ頑張ってるよ、一郁。俺たちがびっくりするぐらいにね」

「祝賀会を開かなくてはね」

誠はもちろん、いつもは冷静沈着な怜まで嬉しそうな顔をしているから、こちらまで笑顔になってしまう。

「──怜、誠」

ひやりとした声が割り込んできた。

慌てて顔を上げると、案の定、元成だ。

「こっちに来るんだ。──きみもだ」

目の前で熱烈なキスシーンを見せられたうえに、親密なムードを醸している誠たちにいろいろと言いたいことがあるのだろう。苦虫を嚙み潰したような顔で、足早に歩く。

そのあとを、怜、誠と一緒について行った。女性ファンの残念そうな声がどこまでも追ってくる。

広い空港内を歩いていくつも角を曲がり、元成は職員と話をして、とある個室に入るよう命じてきた。

ファーストクラスの乗客が入るラウンジとはまた違うようだが、限られた人数で話ができる個室だ。焦げ茶のソファセットに座るように言われた。両側を、怜と誠が守るように挟んでくれる。まるで、ナイトのように。そのことに勇気づけられ、一郁はしっかりと前を向いて座った。

つい先ほど、『エイダ』へのバイトが決まったことを我がことのように喜んでくれた怜と誠なら、なにがあっても信じられる。

その誠が、脇からのぞき込んできた。

「ずっと連絡がないから心配してたんだよ。どうしたの？　もう俺たちのことがいやになった？」

「違います。そうじゃありません。ただ……俺と、誠さんたちとでは、住む世界が違いすぎるかなと思って」

膝の上でぎゅっと拳を握ったのを見逃さない怜が、深いため息をつく。

「……元成さんですね。一郁さんになにか吹き込んだのは。彼になにを言ったんですか」

いつもよりずっと低い声で怜が言い、安心させるように手を握ってくれた。冷静な怜にしてはめずらしく怒っているのだとわかり、身体の芯が熱くふるえる。

「だからなんだ。私はきみたちのマネジメントをしている。金の卵であるきみたちを汚そうとする輩《やから》がいたら、排除するのは当然だろう？」

「俺たちは絶対に一郁を離さない」

きつく言い放った元成に、誠が受けて立つ。その真剣な横顔はいままでに見たことがないものだ。

「……もしかして元成さん、俺たちの携帯、弄った？　いつもだったら、一郁からメールか電話が来ていたのに、ローマに行く数日前からぱたっとやんでた」

誠の鋭い指摘に、元成は涼しい顔をしている。そして、おもむろに口を開いた。

「――だから、それがなんだと言うんだ。私はきみたちを見出し、ここまで育ててきた。少しでも素行不良の芽が見られれば即座に対応する。メールが消えたぐらいで終わる関係なら、それまでじゃないのか？」

核心をつかれて誠と怜はぐっと言葉に詰まったようだが、すぐに、「それは単なる言い逃げだ」と言い返した。

「確かに、俺たちはあなたに育ててもらった恩がある。単独で写真集、しかも海外で撮影できるようになったのも、元成さんのマネジメントのおかげだ……。だけど、俺は、一郁が好きなんだ。もしも別れろと言うなら、事務所を移籍する」

「私も、同じく」

誠の爆弾発言に怜が頷く。

まさか、ここまで反抗するとは思っていなかったのだろう。元成は眼鏡を押し上げる手も止めて、呆気に取られている。

それから、ぎりっと歯を食いしばり、表情を歪めた。誠たちがこうした反抗を見せるのは初めてなのかもしれない。

「——そこまでの存在なのか。きみたちはこの先もっと伸びて、いずれ世界にも出る器で……」

「元成さんの言いたいことはだいたいわかってます。ずっと一緒に仕事をしてきたんだから。だが、私たちは一郁さんを愛している。彼なしで過ごすことはもう考えられない」

「私が手を回して、ありとあらゆる芸能事務所からきみたちを締め出したら？　普通の人間に戻れるというのか。そこの学生みたいに」

指を突きつけられ、思わずおののいたが、誠がすぐに気づいて背中をやさしくさすってくれる。

「普通の人間のなにが悪い？　いざとなったら、バイトでもなんでもする。一郁を見習うよ」

「誠も怜もモデルだろう。ここまで、どれだけ苦労してきたと思ってるんだ？　いまなら――この先だって、相手は選び放題だ。頼むから同性はよせ。女性ならまだスキャンダルで売れる」

「そのやり方で、俺は売れたくない」

強い語調で言い切った誠を、元成はしばしじっと見つめていたが、絶対に折れないとわかったのだろう。ため息をついてうつむき、整った髪をぐしゃぐしゃとかき回している。

「たいした馬鹿だな、きみたちは……。見損なったぞ。男と恋するなんて、リスクを背負うだけだぞ。女性ならまだしも――」

「俺たちには一郁が必要なんだ」

誠が念を押したことで、元成は一郁にぎらりとした視線を向けてきたが、そこにはもう以前ほどの力はない。

乱れた髪を手櫛で直し、元成はゆっくりと足を組み替えた。

何度かまばたきをし、眼鏡をかけ直してから強い視線を交えてきた。

「――移籍は許さない。私はまだきみたちの可能性を捨てたくない」

「元成さん、じゃあ、……」

「絶対に、スキャンダルにならないようにしろ。絶対にだ」

語尾に力をこめた元成がスラックスのポケットに両手を突っ込み、立ち上がった。その横顔は、もういつもの彼だった。命じることに慣れていて、抗うことは許さないとでも言うような。

「今日はまっすぐ帰れ。――そこの学生も連れて行くなら、あくまでも友人だという顔を貫くように」

それだけ言って、元成は肩を怒らせて部屋を出て行った。声をかけられない後ろ姿こそが、彼なりのプライドなのだろう。

残された誠と怜、そして一郁はちょっとの間惚けていたが、ややあってから顔を見合わせて笑い合った。

それぞれに手を握られていて、温かい。それをもっと確かなものにしたいのか、誠は指を一本一本深く絡めてくる。

「たくさん話したいことがある。それに、久しぶりにきみを抱きたい。一郁が失神するぐらい」

「う……」

情熱的な言葉にくらくらしてしまう。舌なめずりしている誠なら、本気で失神させられそうだ。かたわらで、怜が苦笑している。

「だけど、その前に言うことがあります。誠、わかってますね」

「うん、もちろん。――一郁、俺たちは、きみを愛しているよ。もう、誰にも邪魔させない」

「……はい」

「じゃ、うちに帰ろう」

両側からそっと怜と誠に頬にくちづけられて、一郁はじわりと目元が熱くなるのを感じていた。

せっかくふたり一緒なのだから、初めて自室へと招こうかと考えたが、1DKのこぢんまりした部屋だ。それに、当然ベッドはシングルだ。怜も誠も大きなスーツケースを持っていたし、今夜はいつもと違う夜になりそうだ。

「うちにおいでよ」

「ぜひ」

誠と怜が笑顔で誘ってくれたので、ありがたく一緒にタクシーに乗った。

車内では、他愛ない話題に終始した。ローマで食べたアイスクリームが美味しかったとか、パリはどこを撮っても絵になる街だとか。ファッションの話もしてくれて、興味深かった。

車が怜たちのマンションに着いた。スーツケースを下ろすのを手伝い、「お邪魔します」と頭を下げて中へと入って行く。いつ来ても、綺麗にしてある部屋だ。

「誠さんや怜さんがお掃除するんですか？」

「一応は。ただ、今回のように長期で家を空けるときは、ハウスキーパーさんにお願いするようにしてます。誠、私たちのスーツケースはクローゼットルームに。荷物を整理するのは明日でもいいでしょう」

「だよね。俺、すぐにでも一郁を抱き締めたいもん」

にこやかに言う誠に、照れてしまう。

「あー、久しぶりの家だ。やっぱりほっとする」

リビングのソファに誠が深く腰掛けて、ほっとしたような吐息を漏らす。手招きをされて、一郁は隣に座った。そのかたわらに怜が腰掛け、また真ん中に挟まれる。誠と怜はこういう座り方が好きらしい。

「なんか、いろいろあったね俺たち。夏に沖縄で出会って恋に落ちて、お互い夢中になって秋になって元成さんに叱られて」

「ほんとうにすみません」

「謝らないでいいんですよ。いつか、元成さんにもわかってもらうつもりでしたし」

そう言って、怜が髪を軽く引っ張ってくる。愛おしそうな仕草は誠がよくするものだが、怜もこころを許すとやさしく触れてくれるのだとわかって嬉しい。

「――私と誠は生まれたときから一緒で、なんとなく将来も同じ道に進むものだと思っていました。ですが、前にも言ったように、妙な関係になったことはありませんよ」

「でも、モデルの世界に入って、最初の頃はよく、『ふたりはいらない、ひとりでいい』って言われた……俺たちほんとうにそっくりだったからね。『ふたりがいい』と言われるまで、結構かかった」

「そうだったんですね……。怜さんと誠さん、確かに似てるけれど、やっぱり全然違います」

「どんなふうに？」

「怜さんはクールだし、誠はワイルドで。変装していたらわからないかもしれませんが、以前スタジオで見せてくれたムートンコートとレザージャケットみたいに、まったく違うアプローチで挑むんだってわかりました。そのうえで、似ていて目立つ容姿を武器にしていけるんじゃないかって。怜さんと誠さんを求めるひと、もっともっと増えると思います」

「ふふっ、可愛い、一郁」

誠が頬擦りして、髪をくしゃくしゃっと撫でてくる。まるで、大型犬みたいだ。

「ここ最近連絡が取れなかったのは、まあ間違いなく元成さんのせいなんだよね。俺も怜も、スマートフォンのパスコードナンバーを知られているから。きみがくれた電話の履歴やメール、彼が消したんだと思う。ずっと俺たちのマネージャーだから、ちょっと油断したかな……ほんとうにごめんね」
「いえ、俺のほうこそしつこかったかもしれません。ごめんなさい」

「元成さんとはデビュー以来のつき合いで、ほとんど家族のようなものですからね。でも、今回の件はさすがにやりすぎです。あとできちんと説明して、二度とこのようなことが起きないように注意します」

「俺のことなら、いいんです。誤解も解けたし。こうしておふたりとまた一緒にいられるし……。そういえば、テレビのインタビュー見ました。格好よかったです。写真集が発売されたら、真っ先に見せたい大事なひとって……どなたなんですか？　家族みたいなひとなんだから、元成さんとか」

「彼は二番目。ね、怜？」

誠に笑いかけられ、怜が頷く。そして綺麗な笑顔で、「あなたですよ」と言った。

「……え」

「私たちの初めての写真集をいちばんに見てほしいのは、一郁さん、あなたです。ふたりともいまできることは全部やり尽くした一冊です。発売したら、見てもらえますか？」

「……もちろんです！　絶対に見ます。記念に二冊買います」

「俺たちから渡すよ。何冊か見本としてもらえるみたいだし」

「せっかくだから、自分でも買います。あと、記念にサインしてほしいです」

「それぐらいならいくらでも。……ですが、私はどちらかというと、いま、あなたの綺麗な身体に消えないサインをつけたいのですが」

「れ、怜さん」

セクシャルな言葉が怜らしい。誠が慌てた顔でのぞき込んでくる。

「あっ、待て待て。抜け駆け禁止。俺だって一郁をめちゃくちゃ愛したいんだからさ」

「どうしますか？　じゃんけんでもして、一郁さんを愛する順番を決めますか」

「うー、それでもいいかもしれないけど、万が一負けたら俺、怜のあとってことだよね。怜、じゃんけん強すぎなんだよ。俺、お預けを食らわされる犬になった気分で襲いかかっちゃうかも」

「あ、あの……俺は……」

「一郁さんは？　私と誠のどちらがほしいですか」

怜の切れ長の目に見つめられ、どきりとなる。彼の目の前で、嘘はつけない。

怜と誠、どちらか片方と時間差で会っていたら、この想いは偏っていたかもしれない。だけど、運命はふたりいっぺんに会わせてくれた。どちらかひとり、と選べないほどに、ふたりそれぞれの魅力に夢中になっている。

一郁は迷い悩みながらも、自分の想いに正直になることにした。

「俺は……ふたりとも……ほしいです。好き、だから」

右手を誠に、左手を怜に取られて、心臓は高鳴るばかりだ。

もう、あとには引けない。

ほしくてほしくてたまらない気持ちを明かしてしまった。後悔はしていないけれど、なにが起こるかわからない。

「俺も、きみが大好きだよ。おいで、一郁、めちゃくちゃに愛してあげる」

「誠のしつこいセックスだけじゃ飽きるでしょう。私があなたをおかしくしてあげますよ」

誠と怜の言葉に頭がぼうっとしてきた。

三人で絡み合うベッドが待っている。


「あ……っ……」

甘い声を上げて、一郁は誠の舌を受け入れた。いままでだってずっと気持ちのいいキスをくれていた誠だが、こころが深く繋がったいま、より一郁を愛するように舌をうずうずと擦り合わせてくる。まるで、食べられてしまうみたいに。

「っん、……ん……ふ、……」

「可愛い声を出すようになったね、一郁。俺に愛されるようになったからかな？」

「そうともかぎらないでしょう。現に私の手が一郁さんの可愛らしい胸に触れているのだから」

怜の言うとおり、シャツのボタンを外されて裸になった胸に、骨張った男らしい手が食い込んでいる。

ぴたりと張りついた手はじわじわと動いて胸筋をいやらしく揉み解し、乳首へと熱を集めていく。一郁を焦らしに焦らして、乳首がほんのり赤く色づき、ピンとそそり勃つのを見計らって、怜はきゅっとつまんできた。

「あぁ……ッ……！」

「ずいぶんと感じやすくなりましたね。出会った頃は、ここまで反応しなかった。私や誠が執拗に甘噛みしたせいかな？」

「う……く、……っぁ……そんな、強く、揉んだら……っ」

こりこりとねじられて、尖りがますます赤くなっていく。それだけじゃない。そこから生まれる疼きがびりびりと全身を駆け巡り、一郁を快楽へと落とし込んでいくのだ。

「乳首を揉まれているだけでいいのですか。前みたいに、綺麗な石をつけてあげてもいいのだけど」

「石ってどんなの？　ピアスみたいなのを一郁の可愛いおっぱいにつけてあげたの？」

「ええ。ルビーが頭についたねじ式の玩具です。一郁さんの綺麗な肌に映えて、とても素敵でしたよ」

「そうなんだ……俺も見たかったな、それ。ねえ、一郁、怜につけてもらいなよ。俺、もっときみが乱れるところが見たい」

「で、でも……あれは、あのときだけだと思って……」

口ごもる一郁に、怜はちいさく笑い、ベッドヘッドの抽斗《ひきだし》を開ける。そこから小箱を取り出し、あのちいさくて淫らな玩具を見せつけてきた。

「これで一郁さんの乳首を括り出すと、すごく感じてしまうようですよ。ね、一郁さん？」

「ッ……それ、は……」

恥ずかしいけれど嘘をつくことはできないから、頬を赤くして、一郁はこくりと頷いた。きりきりと締め上げられるような快感と苦痛をまた味わいたくて、無意識に胸をせり出していた。

「……ふ……、怜、さん……っ」

うっすらと汗の浮かぶ胸に怜がくちづけてきて、ちゅくちゅくと乳首をやさしく嚙んでから、ルビーのついたクリップで両の乳首を挟み込んできた。

「ん、んんっ、あぁ……っ！　つう……っ」

「少しぐらい痛いのが好きでしょう」

クリップで締め上げられた乳首が卑猥な形にふくらむ。真っ赤になったそこを舌でせり上げる怜がにやりと笑い、ぐちゅぐちゅと舌と歯を使って嚙み転がしてきた。

「ン――ん、んっぁふ……っぅ……んんん、っぅ……」

腰がよじれてしまうほどの快楽に涙が滲みそうだ。怜に乳首を吸われる間、くちびるは誠に奪われ続けていて、自由が利かない。そうこうするうちに下肢もふたりがかりで裸にされて、すっかり昂ぶったペニスが彼らの目にさらされる。

誠が手を出すか、怜が手を出すか、少しの間があった。

身体はひとつだけど、ふたりに触られ、キスされることでどこからどこまでが自分の身体なのかわからなくなってくる。

「美味しそうに勃ってるよ、一郁。乳首も、ペニスも」

くすりと笑ってルビーごと乳首をつまんでくる誠に、声が掠れてしまう。

「怜さんと、誠さんなら、……食べられてもいいです……」

「そんな可愛いことを言うなんて。頭からむさぼられたいですか？」

余裕たっぷりに笑う怜に見とれてしまう。冴《さ》え渡る美貌を持つ彼には、こんな笑い方がよく似合う。

「……むさぼられても、いいです……っ」

両足を大きく開かされ、窮屈な窄まりに怜の舌がねじ込まれた。温かな感触に身体がふるえ、刺激をほしがって蠢《うごめ》く。

「……あぁっん、んぁ……あぁ……や……ぁ……っ……」

卑猥な舌遣いにのけぞると、誠が軽く押さえつけてくる。

「どうしよっかなぁ……今日こそ、俺のもので一郁の可愛い口を犯しちゃいたいんだけど」

「ん、んっ」

胸を這う誠の指で乳首をねっちりとこねられて、つらいほどに気持ちいい。これでもう、肉棒を押し込んでもらって思いきり前後に揺さぶられたらと妄想するぐらいだ。

怜の舌がぬくぬくとアナルに挿ってきて、敏感な肉襞をひとつひとつ湿らせるように唾液を送り込んでくる。少しずつ柔らかくなってきたそこへ、指が挿し込まれ、ばらばらに動き出す。

「あぁ……っ怜、さん、れいさん……っ」

「一郁、泣きそうだよ、怜、もう挿れてあげたら?」

「そう、ですね……」

指が抜かれるだけで、肉襞が物ほしげにわなないてしまうのが自分でも恥ずかしい。

「挿れてほしいですか？　一郁さん。あなたの口から直接聞きたい」

親指でくちびるを開かされ、「あ……」と一郁は呻いた。

いやらしいことを言わされる瞬間が、たまらなく待ち遠しい。言えば言うほど、怜や誠たちの責めがきつくなるからだ。

「……ッほしい、……です、怜さん、挿れて……！」

「いいでしょう。私をあなただけにあげます」

満足そうに言う怜が素早く衣服を脱ぎ、いきり勃ったそれにローションを垂らしてぬるみを足し、ひくつく孔へとあてがってきた。

亀頭が孔を拡げるように擦ってくるのがたまらない。もう挿れてほしいのに、怜は何度も焦らし、一郁が自然と腰を揺らすのを待っているようだった。

「あ……――っ、れい、さん……っ……う、……くぅ……っ」

ズクンととびきり硬いものが押し挿ってくる。

淫靡に湿った内壁を擦り拡げてくる怜の性器は誠とはまったく違った感触だ。極端に斜めに反り返った肉棒に犯され、一郁は最初からよがり狂った。

「あっ、あ、あぁっ、……すごく、いい……っ……」

「搾り取られそうですよ……こんなにいい身体をしていたなんて……」

「ね？　俺の言ったとおりだろ？」

「ええ、誠が夢中になるのもわかります。……ねえ、一郁さん。これからあなたの中に散々出し挿れしたあと、私が射精してあげます。あなたを孕ませてしまいたいぐらいだ」

めずらしく上擦った声の怜が大きく腰を遣ってくる。

「あっ……あぁっ……あぁ……っ……あ……う……」

思いきり突かれ、声が出っぱなしだ。

くるりと身体を裏返され、今度は尻を摑まれて、うしろから激しくペニスがねじ挿ってくる。執拗な愛し方が似合う怜らしく、深く深くを穿ってきて、最奥の秘膜にねちねちと亀頭をなすりつけてくる。

「一郁、今度は俺と愛し合おう」

四つん這いになった一郁の正面に裸の誠が座り、勃起した雄を根元から扱き上げている。先端の深い切れ目からトロリとしたしずくがあふれ出しているのを見て、無意識に舌をのぞかせた。

「……舐めてみて、俺の。きみの口の中に挿れさせて」

「ん……は、い……」

腰から下は怜にぎっちり摑まれていて逃げられない。誠の両足の間に顔を埋め、硬い繁みをそっと舌でかき混ぜてから、亀頭を、ちゅぷ、と口に含んだ。とたんに、熱いしずくが口内に広がる。

「いいよ……一郁……口の中に擦りつけるようにしてもいい？」

「……ん、んっ……ぁ……う、ん……っ」

男根を咥えて淫らな顔になっているはずなのに、それを楽しんでいるらしい誠が髪をかき上げてきて、ずっずっと腰を突き動かしてくる。

肉竿に舌をなすりつけ、太いものを精一杯咥え込むようにしてみた。

口の奥深くを誠に犯されるのと同時に、うしろから怜が突き込んでくる。

「あぁ……っ一郁、一郁、このままきみの中でいっちゃいたいよ……飲んで、くれる？　俺の精液、いっぱい出してもいい？」

「……ん、うん……っ」

「わかった、じゃあ……いくよ……あぁっ、あっ、一郁、一郁、出ちゃうよ……！」

誠の声が掠れる。口の中の雄がぐっと嵩《かさ》を増し、何度か激しく抜き挿しされたあと、色っぽい呻き声とともにどくんと熱いしずくが口内いっぱいに放たれた。その全部を飲みきれなくて、口の端からこぼれ落ちてしまう。

「あ……あっ……はぁ……っ」

「あなたは、まだ私のものですよ」

怜が背後から淫猥に突いてきて、耳元で囁く。そうすることで密着度が高まり、互いの陰嚢が擦れ合うほどだ。

ぐぐっと引き抜かれ、中が空虚になってしまうのが怖くて肩越しに振り返った。

「や、や、……怜さん、もっとして……もっと、俺の奥まで、きて……ください」

「ふふっ、腰が揺れている。ほしがりだな、一郁さんは」

笑う怜が突きまくってくることで、昂ぶりも限界だ。怜にペニスをゆるく扱かれながら突かれる快感に堕ちていく。

じゅぷんっ、と音が響くほどの結合に頭の中が白く滾《たぎ》った。

「気持ちいい、っ……ぁ……はぁ……っいく、いく……っ！」

「……ッく……！」

一郁が射精するのと同時に、怜が重たい精液をどっと撃ち込んできた。

初めて受け止める怜のそれはたっぷりと量があり、たちまち太腿《ふともも》に垂れ落ちるほどだ。

「ン——……んっぁ……はぁ……っ……あぁ……っ」

怜は何度も両手で尻をきつく揉み込んでくる。たったいま放った精液を中に馴染ませるように。

「あなたの中に出すのが癖になりそうだ……」

そう言って笑う怜がずるりと引き抜く。トロトロと残滓《ざんし》があふれ出してしまうのが止められない。

尻を鷲摑《わしづか》みにされている。ひくつく孔からだらだらとこぼれてしまうところを、全部、見られているのだと思うと身体が炙られたように熱くなる。

「はぁ……っ……あ……」

「——私はちょっと汗を拭いてきます。誠、一郁さんを離さないように」

怜がするっと身体を離してベッドを下りる。その温もりが惜しくて、引き留めようと手を伸ばすと、誠が抱き締めてきた。

「今度は、俺を味わって」

「誠、さん……あ、……もう……？」

「そう、怜にむさぼられてるきみを見てたらもう勃っちゃったよ」

ちいさく笑う誠があぐらをかき、一郁を膝の上に乗せる。

さっき達したばかりのはずだが、早くも屹立した大きな怒張が尻の狭間をぬるぬると動き、いまにも挿ってきそうだ。愛おしい誠は額に汗を滲ませ、本気で求めてくる。

誠とのセックスも久しぶりだと思うと、身体の内側から熱くなってくる。たったいま、怜に中に出されたばかりなのに。

逞しい肩にすがりつくようにすると、誠が下からぐぐっと押し挿ってきた。怜が挿っていたその場所に、今度は自分を覚え込ませようとするかのように、ゆっくりと形を馴染ませながら侵入してくる。

「柔らかい……怜が射精したばかりだから、中、ヌルヌルだ……ねえ、一郁、俺たちめちゃくちゃエッチなセックスしてるね」

「ん、んっぁ、……あぁっ、激しく、突いたら……っ」

「突いたら、なに？　声、出ちゃう？　いいんだよ、たくさん出して。俺にきみのいやらしい声をいっぱい聞かせてよ」

「だ、けど、っ……俺、……あまり乱れたら……あ、きられそう、で……」

「そんなこと心配してたの？」

目を丸くする誠は、「馬鹿だな」と笑ってくちづけてきた。

「俺のほうが飽きられちゃうかも。こんなにきみの中に挿ってるのにまだ足りなくて……あぁ、一郁、中がきゅうきゅう締めつけてくるよ、ねえ、どれだけ俺をおかしくさせる気？もっと突いてあげるよ。きみが淫乱な子になっちゃうぐらいに」

「っん、んっ、あぁっ、まことさん、やん、おっきぃ……っ……」

腰が弾むほどに肉棒で串刺しにされた。まだ中に怜の精液が残っているせいか、ぬちゃぬちゃとひどく淫らな音が耳に響く。ただもう、誠を求めることで頭がいっぱいで、自分がどれだけ卑猥な腰遣いをしているかなんてわかるはずもない。

誠が噛みつくようなキスを仕掛けてきて、口内を抉ってくる。舌を深く絡め合わせながら一郁も応え、足の爪先から駆け上がってくる快感に身を任せた。

「んん、――ん、ぁ……誠さん、……まことさん、い、っちゃう……っ……！」

「俺も――いきそうだ。出してあげるよ、一郁。愛してる……、きみだけなんだ、こんなにほしくてたまらなくなるのは……一郁……っ一郁、いく、いく、……くッ、だめだ、出すよ……！」

一突き、一突き、力を込めてくる誠が息を浅くする。そんな色気のある顔をされたら、こちらが保たない。

強く、強く抱き締められて絶頂に追い詰められるのと同時に、歯を食いしばった誠がきつくねじ込んで、二度目とは思えないほどの多量の精液を放ってきた。

「あぁっ、あっ……はぁ……っ……ん……ふ……」

「よすぎだよ、一郁……まだ、中ひくひくしてる……蕩けそうだ……」

「俺……おれ、射精してないのに、……いって、しまいました……」

「そうなんだ？」

誠が嬉しそうに頬擦りしてきて、熱っぽいキスを求めてくる。繋がったままで唾液を交換するキスに耽っていると、髪をくしゃりと撫でられた。

気配を感じてぼうっと色香に煙った視線で見上げると、怜だ。いつの間にか戻ってきたようだ。

鍛えた裸身が目の毒になるぐらい、様になっている。冷えたペットボトルを片手に持った怜は水を口に含むと、一郁の顎を摑んでくちづけてきた。

「……ん……っ」

甘く感じられる水を送り込まれ、喉を鳴らした。二度、三度とキスされたけれど、まだほしい。

「どうやらドライオーガズムを覚えたようですね」

「ドライ、オーガズム……」

聞き慣れない言葉に背筋が軽くふるえるが、誠が安心させるように撫でてくれた。

「射精せずに達することです。敏感な身体をしているあなたのことだから、いつかそうなってくれると思っていました。私が抱いたせいかな?」

「違うよ、俺が抱いたからだよ。ね?　一郁」

ふたりに迫られて、こんな状況だったけれど思わず笑ってしまった。

「怜さんと誠さんの……せいです。前はこんなにいやらしくなかったのに……ふたりに出会って、俺、変わりました。……責任、取ってくれますか?」

「もちろん。私の生涯を懸けて」

「当然だよ。ねえ、わかってる?　俺たちはきみに夢中でどうしようもない。まだまだきみを抱きたいんだ。飽きたって言っても離さないから覚悟しておいて」

誠が笑い、怜が微笑む。

飽きたなんて絶対に言うわけがない。最初から彼らに強く惹かれてここまで来たのだから。似て非なるふたつの輝きに見とれた一郁は、まだ火照っている身体に手を伸ばしてくるふたりのためにうっとりと瞼を閉じた。

もう一度、快楽の波に身をゆだねるために。

「誠さん、怜さん、お待たせしました！」

扉を開け、窓際の席に座っていた彼らにちいさく手を振りながら駆け寄ると、向かい合わせで座っていた誠と怜がそろってサングラスをちょっと上げる。ふたりとも、嬉しくなるような笑顔だ。

「お疲れ、一郁。ここ座って。俺の隣、隣」

積極的に仕掛けてくる誠に、怜は苦笑している。今日の誠はオフホワイトのざっくりしたアラン編みのニットを、怜は黒のシャープな印象のタートルネックのニットを身につけている。

午後三時、いつもの表参道のカフェで、一郁は彼らと会っていた。もうあとひと月もすればクリスマスが訪れるという頃、一郁は胸をときめかせながらテーブルにつき、注文を聞きに来た店長に、「ココアを」と頼んだ。

「ここのココア、マシュマロ入りで美味しいですよね。誠さんに教わってやみつきになっちゃいました」

「まったく、誠ときたらたまにカロリーを度外視しますね」

呆れたようにため息をつく怜だが、「そうだ」と言って脇に置いていた美しい青の革鞄から大型の封筒を取り出す。

「どうぞ、一郁さん」

「きみがいちばんだよ」

「わ……！」

このときを待っていた。

怜と誠の初めての写真集が、ついに今週発売される。書店に並ぶ前に渡したいと言われて、一郁は、『恋人たちとうまくやれよ』と楽しげに笑う岩見に手を振り、大学からほとんど走ってきたのだ。

熱々のココアが運ばれてきた。早速飲んでみると、やっぱり美味しい。

「見ていいですか？」

「どうぞどうぞ」

封筒の中に、硬い表紙の本が入っている。封筒から出してみて、ため息がこぼれた。

どこかの美術館だろうか。壁に花の絵がかかっている。美しい一客の椅子に誠が座り、かたわらに怜が立っている。

ふたりとも見たことがないほどの洗練されたまなざしだ。

「格好いい……」

「ホント？　きみにそう言ってもらえると勇気が出るよ。あー、もういまからドキドキだ」

「間もなく発売ですからね。ちょっとエロティックなページもあるから、見てくださる方の反応が楽しみです」

「……あ」

怜の言うとおり、ベッドに寝そべる怜がこちらに向かって手を伸ばしているショットがあった。白いシャツをラフに羽織っていて、胸が見えるか見えないかというきわどい構図だ。

「私のすべてを知っているのは一郁さんだけですよ」

「……はい」

いたずらっぽくウィンクされて、頬が熱い。すると、誠が肩をぶつけてきた。

「俺だって頑張ったし。ね、一郁、俺のイチオシのページ見てみてよ」

「ふふっ、誠さんも怜さんも、ふたりとも格好いいですよ。比べられません」

一郁がそう言うと、誠は「だよね」と言って胸を張り、怜を笑わせている。

「一郁のほうはどう？　バイト頑張ってる？」

「もう毎日が新鮮です。覚えることがたくさんあって必死ですけど、入ってよかったです」

今月から始めた『エイダ』編集部でのバイトは、それまで勤めていたセレクトショップとはまったく違う職種だけに、めまぐるしいものだった。

いまは、先輩格のバイトにつき添い、膨大なデータの整理をしたり、編集者の雑務を手伝ったりしている。その合間に、編集者としての仕事も見られるのは嬉しい。『エイダ』の編集者たちも、仕事熱心な一郁を認めて、細々とした仕事を教えてくれた。

「好きなことが仕事になると、それはそれで大変なこともありますが、やっぱり嬉しいですよね」

「怜さんや誠さんも、やっぱりモデル業が天職ですか?」

「ええ。身体を酷使するけれど、自分自身で表現できることの楽しさがありますから」

「今度はショーを見に来てよ。写真集とは違う、ライブの俺たちを見てほしい。絶対に惚れるから」

「ぜひ。っていうか、……もうとっくに惚れてます」

一郁が破顔一笑すると、誠がまぶしそうな顔をする。

「きみが編集部でバイトできるようになったのは嬉しいけど、ライバルが増えそうだなぁ……前よりめちゃくちゃいい笑顔するようになったもん。ね、一郁、浮気しないって約束してよ」

「しませんってば。そんな余裕ないです。俺は……怜さんと誠さんで手一杯です」

「じゃあ、あなたのキスで教えてください」

めずらしく怜がそんなことを言うものだから、驚いたが、くすぐったくて笑ってしまう。

まさか、彼らに嫉妬《しっと》されるなんて。

「……絶対に俺のほうが夢中なのに」

「いや、俺のほうが一郁を好きだよ。怜にも勝つ」

「私の力を侮ってほしくありませんね」

各々が引かない。三人で顔を見合わせくすりと笑い、店内の様子を窺った。店長は背中を向けてカップを磨いているらしい。ほかに客はいない。

顔を寄せ合うようにして、一郁と誠と怜は交わした。

とびきり甘くて、何度でも恋に堕ちるキスを。

あとがき

こんにちは、または初めまして。またまた3Pです！　一対一も大好きなのですが、三者三様の思いが複雑に絡み合う3Pは大好物です。冷静な攻めと明るい攻め、両方いっぺんに味わえるのも3Pのよさですよね。

この本を出していただくにあたり、お世話になった方にお礼を申し上げます。

美しい挿絵で彩ってくださった、兼守美行様。キャララフの時点で、吊り目の怜と垂れ目の誠。そして健気な一郁に惚れ込んでいたら、華やかで色気たっぷりなラフがたくさん届いてしあわせでした……！　お忙しい中、ご尽力くださいまして、ほんとうにありがとうございました。

そして、この本を手に取ってくださった方へ。誠派、怜派と分かれるかもしれませんので、ぜひお手紙などで教えてくださいね。またお会いできますように。

秀　香穂里

秀香穂里先生、兼守美行先生へのお便り、
本作品に関するご意見、ご感想などは
〒101-8405
東京都千代田区三崎町2-18-11
二見書房　シャレード文庫
「トライアングルエクスタシー」係まで。

本作品は書き下ろしです

CHARADE BUNKO

トライアングルエクスタシー

【著者】秀香穂里《しゅうかおり》

【発行所】株式会社二見書房
東京都千代田区三崎町2-18-11
電話　03(3515)2311[営業]
　　　03(3515)2314[編集]
振替　00170-4-2639
【印刷】株式会社堀内印刷所
【製本】ナショナル製本協同組合

落丁・乱丁本はお取り替えいたします。
定価は、カバーに表示してあります。

ISBN978-4-576-15163-2

http://charade.futami.co.jp/